주석으로 쉽게 읽는
고정욱 삼국지 7

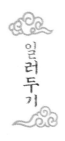

일러두기

1. 《고정욱 삼국지》는 기존의 여러 《삼국지》 번역본들을 비교, 대조하여 작가의 시각에서 현대적인 문장으로 재해석해 평역한 새로운 《삼국지》입니다.

2. 《삼국지》 원본의 장황하고 불필요한 사건이나 서술, 시, 관직, 인물명 등은 과감히 생략하여 쉽고 빠르게 읽을 수 있도록 구성하였습니다.

3. 주석과 고 박사의 '여기서 잠깐' 코너를 통해 역사와 문학, 그리고 사상과 철학 및 지식을 쉽게 배울 수 있도록 하였습니다.

4. 지리적 배경에 대한 이해를 돕기 위해 간략한 지도를 주석에 삽입하였습니다.

주석으로 쉽게 읽는

고정욱
삼국지

7

떨어지는 별들

고정욱 편역

애플북스

차
례

1
노장들의 대활약

조홍은 군사를 거느리고 한중에 도착했다. 장합과 하후연에게 험한 곳을 맡기고 그는 적진을 향해 나아갔다. 그의 상대는 마초였다. 마초 수하의 오란이 선봉이 되어 적진을 정탐하러 나갔다가 조홍과 맞닥뜨렸다. 오란이 겁먹고 후퇴하려 하자 수하 장수 임기가 섣불리 나섰다. 하지만 삼 합 만에 조홍의 칼에 맞아 쓰러지고 말았다.

오란이 패퇴하여 돌아오자 마초가 꾸짖었다.

"어찌하여 경솔히 맞서 싸웠단 말이냐?"

"임기가 섣불리 나섰다가 그만 조홍에게 당했습니다."

"요충지를 우리가 점하고 있으니 싸우지 말고 지켜라!"

마초는 성도에 전황을 알린 뒤 움직이지 않았다. 조홍은 마초 같은 용장이 나오지 않자 군사를 거두어 남정으로 물러갔다. 그 모습을 보고 장합이 조홍에게 물었다.

"적장을 죽이고도 어찌하여 군사를 거두었소?"

"마초는 계략이 있는 자요. 무슨 계략을 꾸밀지 알 수 없고, 내가 업군에 있을 때 관로라는 점쟁이가 여기서 장수 하나가 죽는다고 했소. 그게 마음에 걸려 니가 싸울 수가 없었소."

"하하하하!"

장합이 크게 웃었다.

"장군이야말로 평생을 싸움터에서 보냈으면서 점쟁이의 말에 마음이 흔들리다니 믿기 어렵구려. 내가 직접 가서 파서를 점령하겠소. 파서를 얻으면 촉을 공격하기 쉽지 않겠소?"

"그건 안 될 말이오. 파서를 지키는 자는 장비란 말이오. 경솔하게 대적할 수 없소이다!"

"장비가 무섭다고들 하지만 내 눈에는 늙은 호랑이에 불과하오. 내가 가서 아예 장비를 잡아 오겠소."

조홍은 그래도 두려웠다.

"그러다 실수하면 군사를 잃게 되오."

"내가 장비를 못 잡으면 군령을 받겠소이다."

조홍은 군령장을 받고서야 허락했다.

장합은 삼만 군사를 거느리고 용감하게 앞으로 나아갔다. 산세를 이용해 세 곳으로 나누어 영채를 친 다음 각 영채에서 군사를 절반씩 빼내 파서를 치러 떠났다.

적의 동향을 살피고 난 장비는 곧장 뇌동을 불러 계책을 세웠다. 뇌동은 장합이 온다고 하자 합리적인 대책을 내놓았다.

"장군, 파서는 지세와 산세가 모두 험악한 곳입니다. 군사를 숨겨 놓을 곳이 아주 많습니다. 장군께서 군사를 끌고 나가 싸우시면 제가 군사들을 매복해 돕겠습니다. 그러면 장합쯤이야 가볍게 사로잡을 수 있습니다."

"좋은 계책이다."

장비는 뇌동에게 오천 명의 정예병을 주고 자신은 만 명의 군사를 이끌고 출발했다. 이윽고 장비와 장합이 마주쳤을 때 장합의 진영 뒤쪽에서 촉의 깃발이 무수히 휘날리며 군사들이 함성을 질렀다.

"복병이 숨어 있구나."

뒤가 끊겨 포위될까 두려워한 장합은 재빨리 군사를 돌렸다.

"네 이놈, 싸워 보지도 않고 꽁무니를 빼느냐?"

장합이 방향을 틀자 장비가 기세를 올리며 공격하는 동시에 뇌동의 정예병이 협공을 가했다. 장합은 이렇다 할 공세 한 번 못 펴고 많은 군사를 잃고 진지로 물러났다. 장비를 사로잡겠다고 호언장담하다 호되게 당한 것이다. 그 뒤 장합은 영채를 지키며 방비만 할 뿐 나와 싸우려 하지 않았다.

"우리도 적당한 곳에서 기다리자."

장비는 십 리 밖에 영채를 세운 뒤 군사들을 보내 거듭 싸움을 걸었다. 하지만 적이 도무지 상대하려 하지 않았다. 공세를 취하면 지대가 높은 진지에서 통나무와 돌멩이를 마구 굴렸다. 그 바람에 군사들이 우왕좌왕하다 오히려 되치기를 당해 손실을 입기 일쑤였다.

"가서 욕설을 퍼부어라!"

장비의 군사들이 온갖 욕설을 퍼붓자 장합의 군사들도 욕설로 대응했다. 애초에 싸울 의사가 없는 듯했다.

"거참, 큰일이군."

오십여 일이 지나도 성과가 없자 장비는 초조했다. 상황이 이쯤 되자 계략이라고는 쓸 줄 모르던 장비도 궁리를 했다. 어리석은 무인은 한평생 어진 사람을 가까이 섬겨도 숟가락이 국 맛을 모르듯 참다운 법도를 모르는 법이다. 하지만 장비는 그런 부류가 아니었다. 제갈공명의 곁에 있으면서 들은 풍월이 있었다. 장비는 참다운 지략을 운용할 방법을 찾아냈다.

"여봐라, 술잔치를 벌여라!"

장비는 산등성이 아래 사방이 훤히 내려다보이는 곳에 진을 치고 앉아 매일 술을 먹으며 장합을 향해 욕설을 퍼부었다. 하루도 거르지 않고 술타령이었다. 하지만 장합은 거들떠보지도 않았다.

이런 소식이 알려지자 유비가 제갈공명에게 걱정스레 물었다.

"장비가 술타령만 하고 있다 하오. 중차대한 임무를 맡겼는데 어찌하면 좋겠소?"

제갈공명이 웃으며 말했다.

"하하하, 그럴 줄 알았습니다. 이참에 좋은 술로 오십 항아리를 골라 보내 주시지요."

"뭐라고요? 장비가 술 때문에 저지른 사고가 숱한데 또 술을 보내란 말씀이시오?"

"주공, 오랜 세월 장 장군과 함께 형제로 지내셨으면서 어찌 사람됨을 그리 모르십니까? 장 장군은 천성이 강한 사람이지만 서천을 취할 때 의로써 엄안을 풀어 주었습니다. 용맹함만으로는 그런 일을 할 수 없습니다."

"그럼 장비에게 뭐가 더 있소?"

"장 장군이 오십여 일을 대치하면서 술을 먹고 함부로 행동하는 것은 계책입니다."

"아, 그렇소?"

"하지만 술을 보내더라도 혹시 모르는 일이니 위연을 딸려 보내면 좋겠습니다."

유비는 제갈공명의 말대로 장비에게 술을 보냈다. 술이 도착하자 장비는 절을 하고 받은 다음 위연과 뇌동에게 명령했다.

"형님과 군사가 내 뜻을 알아주니 힘이 나는군. 그대들은 군사들을 이끌고 좌우에 숨어 있다가 홍기가 올라가면 일제히 진군하라."

위연과 뇌동이 떠나자 장비는 더 크게 술잔치를 벌였다.

"군사들은 모두 술을 먹고 징을 치며 맘껏 놀아라!"

정탐꾼이 이런 상황을 보고하자 장합은 망루에 올라 적진을 내려다보았다. 장비는 군사들에게 씨름까지 시키며 즐거워했다. 적군은 안중에도 없는 태도였다. 장합은 자존심이 크게 상했다.

"저자가 나를 얕잡아 보는구나. 오늘 당장 저자의 목을 딸 것이다. 각 영채의 군사들은 나를 도와라!"

그날 밤 장합은 희미한 달빛을 길잡이 삼아 군사를 이끌고 장비의 영채로 다가갔다. 장비의 군사들은 여전히 불을 밝히고 술을 마시며 왁자하게 놀고 있었다.

"공격하라!"

장합이 진지 한가운데로 치고 들어가는 동안에도 장비는 가만히 앉아 있었다.

"에잇, 더러운 털북숭이야!"

장합이 그대로 달려가 창을 내질렀다. 그러나 창에 찔린 것은 장비가 아니었다.

"이게 뭐냐?"

창을 들어 올리자 짚으로 아주 잘 만든 허수아비가 딸려 왔다.

"속았다! 말을 돌려라!"

장합이 당황해 황급히 퇴각을 명했다. 하지만 어느새 장수 하나가 앞을 가로막았다. 진짜 장비였다.

"네 이놈!"

장비가 장팔사모를 휘둘러 장합을 궁지로 몰아넣었다. 장합은 가까스로 막고 빠지면서 후방에서 구원병이 오기를 고대했다. 하지만 두 영채에서 오기로 한 구원병은 오지 않았다. 위연과 뇌동에게 이미 영채를 빼앗겼기 때문이다. 장합의 군사들은 저마다 뿔뿔이 흩어졌다. 장비는 오랜 기다림 끝에 큰 승리를 맛보았다.

장합은 어쩔 수 없이 와구관을 향해 급히 도망쳤다.

"이럴 수가 있나!"

장합이 와구관에서 군사를 정비해 보니 삼만 군사 가운데 겨우 만 명만이 살아남았다.

"안 되겠다. 조 장군에게 구원병을 요청해야겠다."

장합은 조홍에게 구원을 요청하는 사자를 보냈다. 장합의 사자를 본 조홍은 몹시 화를 냈다.

"내 말은 귓등으로 듣더니 결국 요새를 잃고 구원병을 요청해? 턱도 없는 소리 말고 자신이 한 말에 책임을 지라고 전해라!"

장합의 사자는 조홍의 말을 그대로 전했다.

"장군, 자신이 한 말에 책임을 지라면서 빨리 출전하라고 독촉하셨습니다."

"아, 이를 어쩐다……."

장합은 이러지도 저러지도 못하고 망설이다 군사들을 둘로 나누어 와구관 앞 험한 산기슭 양쪽에 매복하도록 했다. 소수의 군사로 게릴라전을 펴려 한 것이다.

"내가 나가 싸우다 거짓으로 패해 도망치면 적이 나를 쫓아올 것이다. 그때 돌아갈 길을 끊고 적을 공격하라!"

장합은 군사를 거느리고 전진하다 뇌동을 만났다.

"게 서라!"

뇌동이 기다렸다는 듯 장합을 상대로 칼을 휘둘렀다. 장합은 계획대로 몇 합 싸우지 않고 도망쳤다. 승기를 잡았다고 생각한 뇌동은 이것저

것 가리지 않고 바짝 추격했다. 그때 느닷없이 양쪽에서 복병이 나타나 돌아갈 길을 끊어 버렸다. 당황한 뇌동이 허둥거릴 때 재빨리 돌아선 장합이 짧은 창으로 뇌동을 찔러 죽였다. 공을 세우려는 욕심에 좌우를 살피지 않은 탓에 뇌동은 목숨을 잃고 말았다. 패잔병들이 돌아가 장비에게 이런 사실을 알렸다.

"뇌동이 죽었다고?"

화가 치민 장비가 당장 출전했다. 하지만 장합은 싸우다 도망치고, 싸우다 도망치기를 반복했다. 장비는 장합의 계책을 알아채고 군사를 거두어 진지로 돌아왔다.

"미꾸라지 같은 놈이 뇌동을 죽이고 나까지 같은 수법으로 속이려 하는구나. 이럴 때는 장계취계†를 써야 해."

곁에서 지켜보던 위연이 물었다.

"어떻게 하시려는 겁니까?"

"내가 먼저 군사를 거느리고 나갈 테니 위 장군은 정예 군사들을 거느리고 따라오다가 복병이 나타나면 공격하시오. 그리고 수레에 장작과 건초를 싣고 가서 좁은 길목에 불을 놓으시오. 기필코 장합을 사로잡아 원수를 갚겠소."

위연은 장비의 계책을 받아들였다.

다음 날 장비는 군사를 몰고 나가 다시 장합과 맞붙었다. 장합은 걸려들었다 싶어 싸우다 도망가고, 싸우다 도망가며 장비를 후방 깊숙이 끌어들였다. 장비는 일부러 장합의 뒤를 쫓아 골짜기로 들어섰다. 그때 충분히 속였다고 생각한 장합이 돌아서서 외쳤다.

"지금이다! 장비를 잡아라!"

장합은 후군을 전군으로 삼아 대형을 갖춰 장비 군에 맞섰다. 그러면서 복병들이 나타나 장비를 포위하기를 기다렸다. 하지만 복병 뒤에 또 다른 복병이 숨어 있을 줄 누가 알았으랴. 시간 맞춰 위연이 골짜기를 막고 불을 질렀다. 매복했던 장합의 군사들은 불길을 뚫고 나올 수가 없었다. 맹렬한 불길이 사방을 집어삼켰다.

"걸려들었다! 모두 잡아라!"

장비의 명에 따라 군사들이 사방에서 들이닥쳤다. 장비 역시 좌충우돌하며 적을 무찔렀다.

'아, 장비는 너무 강해. 당할 수가 없구나.'

장합은 많은 군사를 잃고 겨우 도망쳐 와구관으로 후퇴했다. 장비와 위연이 뒤쫓아와 와구관을 공격했다. 하지만 별 성과가 없자 이십 리 밖에 영채를 치고 대치했다. 장합은 관 안으로 들어가 움직이지 않았다.

"나와라! 승부를 내자!"

장비의 군사들이 날마다 다가와 싸움을 걸었지만 소용이 없었다. 장비가 대책이 없어 고

장계취계(將計就計)는 적이 간교한 계책을 쓰면 묘한 꾀인 묘계(妙計)로 맞받아치는 것을 말해. 다시 말해 적의 계교를 역이용하는 거지.

장비

장비는 유비, 관우와 함께 생사
고락을 함께한 유명한 장수지.
이들은 한방에서 같이 잘 정도
로 친했고, 유비를 윗사람으로
모셨으며 온갖 위험을 마다하
지 않았어. 무용은 당할 자가 없
을 정도였어.
그의 단점은 아랫사람을 무자
비하게 대했다는 점이야. 그로
인해 죽음에까지 이르고 말지.
하지만 정사에 의하면 문장과
그림에도 능한 지혜로운 장수
로 알려져 있어.

민하는데 문득 산길을 걸어가는 피난민들이 눈에 띄었다.

"여봐라, 저 산길의 백성들을 놀라지 않게 해서 이리 데려오라."

군사들이 백성들을 데려오자, 장비가 그들을 너그럽게 다독이며 선물을 주어 마음을 가라앉혔다.

"어디서 오는 길이오?"

"살려 주십시오, 장군!"

"그대들을 해치려는 것이 아니라 뭘 물어보려는 것이오."

"네, 저희들은 한중 사람들입니다. 고향으로 돌아가는 길인데 관도가 막혔다기에 지름길로 가는 중입니다."

"산길로 와구관까지 거리가 얼마나 되오?"

"재동산 산길을 따라가면 바로 와구관 뒤쪽이 나옵니다."

장비는 내심 쾌재를 불렀다. 방법을 찾은 것이다.

장비가 위연에게 명령했다.

"그대가 와구관의 정면을 공격하면 나는 날쌘 병사들을 이끌고 재동산을 넘어 지름길로 가서 와구관의 뒤를 치겠소!"

장비는 오백 명의 기병대를 끌고 백성들의 안내를 받아 좁은 산길로 전진했다. 위연이 약속대로 와구관 밑에 가서 공세를 취하자 군사가 장합에게 보고했다.

"위연이 관 아래까지 와서 공격하고 있습니다. 어찌할까요?"

"자세히 살펴봐야겠다."

장합이 산 위에 올라가 적진을 살펴보는데 또 다른 군사가 급히 달려와 보고했다.

"관 뒤쪽에서 불길이 치솟았습니다. 웬 군사들인지 아직 파악하지 못했습니다."

"옳거니, 이제야 구원병이 오는구나. 가 보자!"

원군을 기다리던 장합은 관 뒤쪽으로 가서 살피다 화들짝 놀랐다. 깃발 사이로 모습을 드러낸 장수는 꿈에 볼까 두려웠던 장비였다.

"이럴 수가! 저자가 어느 틈에 우리 등 뒤로 왔단 말이냐? 어서 도망쳐라!"

허를 찔린 장합은 산길로 말을 달렸다. 하지만 길이 좁고 험해 세내로 달리기 힘들자 말을 버리고 허둥지둥 산 위로 달아났다. 와구관은 이렇게 장비와 위연의 손에 넘어갔다.

장합이 걸어서 간신히 남정에 도착했을 때 따라온 군사는 고작 십여 명에 불과했다. 그 모습을 본 조홍은 머리끝까지 화가 치밀어 가만히 있을 수가 없었다.

"내가 그렇게 말렸건만 이 꼴이 대체 뭐란 말인가? 군령장까지 쓰고도 대군을 몰살시켰으니 당연히 죗값을 치러야 한다. 당장 이자의 목을 베라!"

옆에 있던 장수들이 나서서 말렸다.

"장군, 진정하십시오! 삼군을 얻긴 쉬우나 장수 하나를 얻기는 어렵습니다. 장합이 비록 죄는 있지만 위왕께서 아끼는 장수 아닙니까? 다시 한 번 기회를 주시지요."

"맞습니다. 군사를 주어 다시 가맹관을 취하도록 하십시오. 그리하여 적들을 견제하면 한중은 안정될 것입니다."

그 말에 따라 조홍은 오천 명의 군사를 내주며 가맹관을 점령하라고 명령했다. 장합은 다시 기회를 얻어 가맹관을 치러 출정했다.

이때 가맹관은 맹달과 곽준이 지키고 있었다. 둘은 의견이 엇갈렸다. 맹달은 나가 싸우자 하고 곽준은 관을 지키자고 했다. 결국 맹달이 고집을 피우고 나가 싸우다 장합에게 크게 패했다.

소식을 들은 유비가 장수들을 모아 놓고 물었다.

"지금 가맹관이 위험하다 하오. 장비를 불러야 장합을 물리칠 것 같은데, 그대들은 어찌 생각하오?"

법정이 말했다.

"장 장군은 와구관을 지키고 있습니다. 전략상 중요한 낭중 땅을 지키니 부를 수 없습니다. 여기 있는 장수들 중에서 선발해 장합을 물리치게 하십시오."

제갈공명이 웃었다.

"그 말은 맞지만 장합은 위나라의 명장이오. 가벼이 볼 수 없소. 장비 아니면 당할 장수가 없다고 봅니다."

그때 노기 띤 우렁찬 목소리가 들렸다.

"군사는 어찌하여 우리를 능멸하는 것이오? 재주는 없지만 내가 장합의 목을 베어 오겠소."

돌아보니 노장 황충이었다. 그는 유비에게 귀순한 지 얼마 되지 않아 이렇다 할 공을 세우지 못한 상태였다.

"황 장군의 용맹이 뛰어나지만 연로해 장합을 당해 내기 버거울 것 같습니다."

"내가 비록 늙었지만 아직 활을 당길 힘이 있고 무기를 휘두를 용력도 남아 있소이다. 그까짓 장합쯤 대적 못 한다니 언어도단입니다."

"황 장군이 일흔 살 가까운 고령인데 어찌 늙었다고 하지 않을 수 있겠습니까?"

제갈공명의 말에 화가 난 황충이 벌떡 일어났다. 그는 마당으로 나가더니 큰 칼을 들고 나는 듯이 휘두르며 춤을 추었다. 게다가 벽에 걸린 강궁을 잡아당겨 두 개나 부러뜨리는 막강한 힘을 보여주었다. 청년 시절에 노인처럼 행동하는 자와 노인이 되어서도 청년처럼 행동하는 자야말로 지혜로운 자였다. 황충이 바로 그런 젊음의 열정을 품고 있어 큰 감동을 주었다.

"하하하!"

그럴 줄 알았다는 듯 제갈공명이 웃으며 칭찬했다.

"장군의 용력은 녹슬지 않았구려. 좋습니다. 그럼 부장으로 누굴 데려가시겠습니까?"

"군사께서 나이 든 이를 못 믿겠다고 하시니 노장인 엄안과 함께 가겠습니다. 두 늙은이가 공을 세우지 못하고 실수한다면 이 늙은 머리를 바치겠소이다."

"아, 참으로 충성스러운 장군들이오."

유비가 기뻐하며 황충과 엄안에게 가맹관으로 가서 장합을 물리치라 명했다. 그들이 떠나자 조자룡이 걱정했다.

"장합이 가맹관을 공격했는데 이걸 어찌 가볍게 여기십니까? 가맹관을 잃으면 익주가 위험해집니다."

"걱정 마시오. 두 장군이 연로해 임무를 수행하지 못할까 걱정하는 모양인데, 내 생각에는 두 사람이 한중을 손에 넣을 것이오."

조자룡은 어이없다는 표정으로 물러났다.

황충과 엄안은 기세등등하게 가맹관에 도착했다. 관을 지키던 맹달과 곽준은 두 노장을 보고 생각했다.

'기력 쇠한 늙은 장수들을 보낸 제갈공명이 큰 실수를 했군.'

'유비 진영에 인물이 어지간히 없는 모양이군.'

그런 속내에 아랑곳없이 황충이 엄안에게 말했다.

"우리 두 늙은이가 공을 세워 비웃는 자들에게 본때를 보입시다. 모두들 우리를 비웃는데 그것이 잘못됐다는 걸 반드시 보여줍시다."

엄안도 각오를 다졌다.

"장군의 명에 따르겠소이다!"

이윽고 황충이 군사를 끌고 나가 장합과 마주했다.

장합이 먼저 모욕을 주었다.

"늙은이 주제에 부끄러운 줄도 모르고 전장에 나온단 말이냐? 저승길 떠날 때가 된 모양이구나."

황충은 흥분하지 않고 준엄하게 일렀다.

"어린놈이 나를 늙었다고 업신여기느냐? 내 창칼은 녹슬지 않았으니 맛이 어떤지 봐라!"

두 장수가 어우러져 힘을 겨루었다. 이십여 합을 치열하게 맞붙었을 때 장합의 뒤편에서 함성이 일며 복병이 기습해 왔다. 황충이 정신을 빼놓는 동안 엄안이 샛길로 돌아가 장합의 뒤를 친 것이다.

앞뒤에서 공격을 받은 장합은 크게 패해 멀리 달아났다. 조홍은 장합이 또다시 패했다는 소식을 듣고 이번에야말로 용서하지 않으려 했다. 그러자 곽회가 말렸다.

"장군, 지금 장합을 벌하시면 유비에게 투항하는 수가 있습니다. 장수를 보내 감시하는 한편 딴마음을 먹지 못하게 다독이십시오."

조홍은 화를 누그러뜨리고 나서 하후연의 조카인 하후상과 항복한 장수 가운데 하나인 한현의 동생 한호에게 오천 군사를 주어 장합을 도우라고 명했다. 그들이 서둘러 영채에 도착해 정세를 묻자, 장합이 고개를 저으며 말했다.

"노장 황충이 보통 능구렁이가 아닙니다. 게다가 엄안까지 도와 가벼이 볼 수 없습니다."

그러자 한호가 나섰다.

"지난날 내가 장사에 같이 있었기 때문에 그 늙은 도적놈이 얼마나 교활한지 잘 알고 있소이다. 그자가 위연과 함께 성을 바치고 내 형님을 죽였소. 이제 원수를 갚아야겠소."

원한 맺힌 한호는 하후상과 함께 군사를 이끌고 전진했다. 황충은 정탐병을 보내 이미 주변의 지형지물을 파악하고 있었다. 엄안이 황충에게 말했다.

"가까운 천탕산에 군량과 마초를 쌓아 두는 조조의 보급소가 있습니다. 그곳을 점령해 보급을 끊어 버리면 한중은 원치 않아도 우리 손에 들어올 것입니다."

"장군의 말이 내 뜻과 같소이다. 계략을 짜서 그대로 실행합시다."

엄안은 군사를 이끌고 천탕산으로 떠났다. 황충은 하후상과 한호가 도발해 온다는 소식을 듣고 군사들을 거느리고 나가 진을 쳤다. 황충을 만난 한호가 원한에 사무쳐 소리쳤다.

"이 더러운 도적놈, 의리 없이 배신하고 도망가 종적을 모르겠더니 이제야 나타났구나. 네놈 목은 내가 가져가야겠다!"

한호가 말을 달려 황충에게 달려들었다. 동시에 하후상도 황충에게 달려들었다. 한꺼번에 두 장수를 상대하게 된 황충은 힘에 부치는지 뒤돌아 달아났다. 기세가 오른 한호와 하후상은 이십여 리를 쫓아가 황충의 영채를 빼앗았다. 황충은 멀리 도망쳐 새 영채를 세웠다.

다음 날도 하후상과 한호가 싸움을 걸자 황충이 나와 맞섰다. 하지만 몇 차례 싸우지도 않고 달아났다. 그러자 좋지 않은 낌새를 느낀 장합이 두 장수에게 말했다.

"황충은 이틀씩이나 도망갈 장수가 아니오. 분명히 속임수가 있을 테니 조심하시오."

하후상이 어이없는 표정으로 장합을 노려보며 말했다.

"그대가 이렇게 겁이 많아 싸울 때마다 패하는 것이오. 우리가 어떻게 공을 세우나 잘 보고 배우시오. 싸움은 기세란 말이오. 기세를 몰아가야 하오."

이미 여러 번 패전한 장합은 얼굴을 붉히며 물러났다.

황충은 다음 날도 어김없이 이십 리나 달아났다. 적을 보기만 하면 도망치던 황충은 그대로 가맹관 안으로 들어가 버렸다. 마치 거북이나 달팽이가 밖으로 목을 내밀었다 집어넣은 것 같은 형국이었다. 가맹관 아래까지 부리나케 쫓아온 하후상과 한호는 기세등등하여 욕설을 퍼부으며 싸움을 걸었다.

"겁쟁이에다 늙은 황충아, 승부를 내자!"

"숨지 말고 당장 나와라!"

하지만 황충은 싸움에 응하지 않았다. 그 모습을 지켜보던 맹달이 유비에게 사람을 보내 소식을 전했다.

"황충이 계속 패해 가맹관까지 후퇴했습니다."

그 말을 듣고 유비는 당황했다.

"뭐라? 이거 큰일이구나."

제갈공명이 옆에서 듣고 미소를 지었다.

"노장이 꾀를 쓰는 것입니다."

"무슨 꾀요?"

"교병지계입니다. 적을 교만하게 만든 다음 치려는 계책이니 걱정하지 마십시오."

하지만 조자룡은 믿지 않았다.

"만에 하나 실패하면 어쩝니까?"

유비도 마음이 놓이지 않았다.

"안 되겠소. 만사 불여튼튼이라 했소. 유봉을 보내 황충을 돕게 해야겠소."

유비는 양자인 유봉을 원군으로 보냈다.

유봉을 본 황충이 뜻밖이라는 듯 물었다.

"소장군께서 여기는 어쩐 일로 왔소?"

"황 장군께서 여러 차례 패했다는 소식을 듣고 아버님께서 저를 보내셨습니다."

"하하하, 늙은이가 쓰는 꾀를 생각 못 하셨군요. 오늘 한 방에 빼앗긴 영채를 모두 되찾고 적의 군량과 마초를 우리 것으로 만들 테니 걱정하지 마시오. 지금까지 일부러 잇달아 져 주어 적이 마음 놓고 보급품을 쌓아 두었을 것이오. 맹 장군과 함께 양곡과 마초를 운반하고 말을 빼앗아 올 테니, 소장군은 구경이나 하면 좋겠소."

그날 밤 황충은 오천 명의 군사와 함께 관문을 열고 산 아래로 내려갔다. 이때 하후상과 한호는 싸울 때마다 이긴 데다 싸움을 걸어도 황충이 나오지 않자 긴장이 풀려 쉬는 중이었다. 그런 때가 바로 황충이 노리는 순간이었다.

"이놈들, 황충이 왔다!"

황충이 진지를 부수고 쳐들어가자 두 장수는 당황해 갑옷도 제대로 못 챙겨 입고 허둥거렸다. 간신히 목숨을 구해 달아나긴 했지만 휘하 군사들은 적에게 목이 달아나거나 자기들끼리 짓밟아 다치고 상한 자가 부지기수였다. 날이 샐 무렵 황충은 벌써 잃었던 영채를 모두 탈환했다. 게다가 적이 버리고 간 무기와 말을 헤아릴 수 없이 많이 챙겼다. 그것들을 맹달에게 챙겨 가도록 이른 뒤 군사들을 재촉해 도망가는 적을 뒤쫓았다. 유봉이 지켜보다 말했다.

"군사들이 피곤하니 쉬었다 공격하시지요."

황충은 고개를 저었다.

"기세를 얻었을 때 완벽하게 승리를 거둬야 합니다."

황충의 명에 따라 군사들이 전력을 다해 달려 나갔다. 장합의 군사들은 기세등등하게 떠났던 하후상과 한호의 군사들이 패잔병이 되어 자꾸 밀려오는 통에 견디지 못하고 다시 도망쳤다. 한수 기슭에서 장합이 하후상과 한호를 만났다.

"어찌하여 패하셨소? 늙은이의 속셈을 모르셨단 말이오?"

장합의 빈정거림에 하후상과 한호는 말없이 고개를 떨어뜨렸다.

장합이 정색하고 말했다.

"천탕산에 군량과 마초를 쌓아 놓고, 미창산에도 양식을 쌓아 두었소. 두 곳에 한중 군사들의 생사가 달려 있으니, 여기를 지키는 것이 한중 땅을 지키는 길이오."

그러자 하후상이 의견을 냈다.

"미창산에는 내 아저씨인 하후연 장군이 계시고, 그 뒤에 정군산이 접해 있소. 천탕산은 내 형인 하후덕 장군이 버티고 있으니 우리 모두 그곳으로 가서 산을 지키도록 합시다."

장합은 두 장수와 함께 천탕산으로 달려가 하후덕에게 전황을 알렸다. 이야기를 듣고 난 하후덕이 말했다.

"우리에게 십만 군사가 있으니 군사들을 이끌고 가서 빼앗긴 영채를 되찾도록 하시오."

그러나 장합은 고개를 저었다.

"아닙니다. 지금은 이곳을 지켜야 합니다. 함부로 군사를 움직여선 안 됩니다."

그때 이미 황충의 군사가 들이닥쳤다는 보고가 들어왔다. 하후덕이 크게 웃었다.

"하하하, 늙은이가 병법을 모르는구나. 지친 군사를 끌고 예까지 올라오다니, 제 무덤을 파려 작정했구나."

"그렇게 생각할 게 아닙니다. 황충은 지략과 용맹을 겸비한 장수라 절대 가볍게 보면 안 됩니다."

"쓸데없는 소리 하지 마시오. 서천 군사들은 멀리까지 와서 분명 지쳤을 거요. 함부로 남의 땅에 들어왔으니 값을 치러야지."

"적은 호락호락하지 않습니다. 굳게 지키십시오."

장합이 신신당부했지만 하후덕은 듣지 않았다. 그때 한호가 땅에 떨어진 명예를 되찾으려 앞으로 나섰다.

"군사 삼천만 주십시오. 제가 나가서 요절을 내겠습니다!"

"좋소. 적을 박살 내시오!"

한호는 삼천 명의 군사를 이끌고 산을 내려갔다. 이때 황충의 군사들은 영채 안에서 머물고 있었다. 유봉이 말했다.

"장군, 해가 이미 서산을 넘고 군사들은 지쳤습니다. 휴식을 취해 사기를 북돋워야 하지 않겠습니까?"

황충이 껄껄 웃었다.

"지금 하늘이 나에게 공을 세우라고 더없는 기회를 주셨소. 지금 취하지 않으면 하늘의 뜻을 거역하는 게 되오. 자, 군사들이여! 나머지 승리를 우리 것으로 만들자!"

황충이 북을 치고 앞장서 나가자 군사들이 함성을 질렀다. 영채 밖에 진을 치고 있던 한호의 군사들이 득달같이 달려들었다. 그러나 한호 정도의 기량으로 황충에 맞설 수는 없었다. 황충의 칼이 단 한 차례 번득였는데 한호가 말 아래로 굴러떨어졌다.

"와!"

언제 피곤했냐는 듯 황충의 군사들이 떨쳐나서며 기세를 올렸다. 산에서 지켜보던 장합과 하후상이 급히 군사를 끌고 나왔다. 그런데 갑자기 뒤쪽에서 우렁찬 함성이 터지며 큰 불길이 치솟았다. 하후덕이 달려가 외쳤다.

"무슨 일이냐? 빨리 불을 꺼라!"

다급한 하후덕 앞에 한 장수가 나타났다. 노장 엄안이었다.

"내가 기다리고 있었다!"

엄안은 당황해 갈피를 못 잡던 하후덕을 단칼에 쳐서 말 아래로 쓰러뜨렸다. 먼저 길을 떠났던 엄안이 대기하고 있다가 화공을 한 것이다. 그 바람에 온 골짜기가 불길에 휩싸였다. 엄안은 기세를 몰아 산 뒤쪽에서부터 군사를 휘몰아쳤다. 장합과 하후상은 앞뒤로 포위되자 더 버틸 수가 없었다.

"후퇴하라!"

장합과 하후상은 천탕산을 버리고 하후연이 지키는 정군산으로 달아났다. 황충과 엄안은 대승을 거두었다.

황충은 천탕산을 점령한 뒤 성도에 승전보를 올렸다. 유비가 기뻐하며 이 사실을 신하들에게 알렸다. 그러자 법정이 나섰다.

"주공, 과거에 조조는 장로의 항복을 받아 한중을 평정했는데도 그

승세를 몰아 파촉을 치지 않았습니다. 하후연과 장합에게 지키라 하고 허도로 돌아갔습니다. 그것이 큰 실책 아니겠습니까? 이제 장합도 꺾고 천탕산도 빼앗았습니다. 이때 주공께서 대군을 거느리고 정복해 나가면 한중을 얻을 수 있습니다. 한중을 평정한다면 군사들을 조련하고 군량을 쌓아 조조마저 칠 수 있습니다. 그렇게 되면 역적을 토벌하고 큰 이름을 남기실 것이며, 설령 그렇지 않다 하더라도 영토를 충분히 확장해 터전을 마련할 수 있으니 이는 하늘이 주신 기회입니다. 이 기회를 놓치시면 안 됩니다."

"그대의 말이 옳소."

유비와 제갈공명이 공감해 고개를 끄덕였다.

"당장 실행하라!"

유비는 조자룡을 선봉으로 삼아 십만 대군을 거느리고 한중으로 쳐들어갈 날을 정했다. 그리고 각지에 격문을 보내 방비를 철저히 하도록 명령을 내렸다. 때는 건안 23년(218) 7월이었다.

십만 대군이 가맹관을 나와 영채를 세웠다. 유비는 황충과 엄안을 불러 후하게 상을 내리고 말했다.

"그대들은 늙었다고 사람들이 얕보았지만 능력을 알아준 공명 군사의 바람대로 놀라운 공을 세웠소. 치하하는 바요. 이제 우리는 한중의 정군산으로 나아가려 하오. 정군산은 남정을 지키는 보루로 군량과 마초를 쌓아 놓은 곳인데, 장군이 정군산을 취할 수 있겠소?"

황충이 흔쾌히 고개를 끄덕였다.

"여부가 있겠습니까? 저에게 맡겨 주십시오."

황충이 군사를 끌고 떠나려 할 때 제갈공명이 말렸다.

"주공, 노장군이 훌륭하긴 하나 하후연은 장합과 비교가 안 됩니다. 그는 장수이지만 정법에 통달하고 전투 능력도 뛰어납니다. 천하의 마초를 막아 낸 것도 바로 그자입니다. 조조가 가장 신뢰하는 자이지요. 그렇기 때문에 한중을 맡긴 것입니다. 비록 황 장군이 장합을 꺾었지만 장수로서 뛰어난 자질을 가진 하후연을 이기기는 어렵습니다. 형주로 사람을 보내서 관 장군으로 교체하십시오. 그래야만 하후연의 직수가 됩니다."

그 말을 듣고 황충이 얼굴을 붉히며 외쳤다.

"공명 군사, 말씀이 지나치시오! 옛날에 명장이던 염파(춘추 전국 시대 조나라의 명장)는 나이 여든에 한 말의 밥을 먹고 열 근의 고기를 뜯을 만큼 용맹해 제후들이 조나라 경계를 침범하지 못했소. 이 황충이 늙었다 하나 난 아직 일흔도 안 됐소이다. 이렇게 늙은이 취급을 하시겠다면, 좋소. 난 부장도 필요 없고, 삼천 군사만 내주시면 하후연의 목을 베어 바치겠소."

"황 장군, 흥분하지 마시오. 그렇게는 안 됩니다."

"아니오. 가겠소이다!"

황충이 거듭해 고집을 부렸다.

"좋소. 그렇다면 옆에서 군사들을 감독할 사람을 함께 보내겠소. 어떻습니까?"

제갈공명은 황충이 용기백배하도록 짐짓 화를 불러일으킨 것이다.

"좋습니다. 누굽니까?"

"법정을 보내겠소. 그와 함께 의논해 일을 처리하시오. 나도 곧 따라가겠소."

황충이 승낙해 법정과 함께 군사를 거느리고 떠났다.

제갈공명이 유비에게 말했다.

"노장을 격분시켜야만 의지를 불태워 공을 세울 것 같아 짐짓 화를 북돋았습니다. 그렇더라도 우리도 가서 도와야 합니다."

제갈공명은 가장 신뢰하는 조자룡을 불러 일렀다.

"군사를 거느리고 샛길로 가서 후원하되 황 장군이 공을 세우면 나서지 마라. 다만 실수하거나 어려워지면 돕도록 하라."

"알겠습니다!"

제갈공명은 또한 유봉과 맹달을 불러 말했다.

"그대들은 삼천 명의 군사를 끌고 가서 산속 험준한 곳에 진을 치다가 깃발들을 다수 꽂아 군세가 막강함을 보이도록 하라. 적군을 놀라게 하는 것이 그대들의 임무다."

제갈공명이 앞을 내다본다고 하지만 그 역시 사람이었다. 하늘에는 예측할 수 없는 비바람이 있고, 사람에게는 아침저녁으로 화와 복이 있는 법이다. 그것까지 다 예측할 수는 없는 노릇이었다. 이때 유봉과 맹달에게 고작 삼천 명의 군사를 주고 소극적으로 지키라 이른 것은 나중에 큰 화근으로 작용한다.

소임을 맡은 장수와 군사들이 길을 떠났다. 제갈공명은 하변으로 사람을 보내 마초에게도 계책을 주었다. 엄안에게는 파서를 지키게 하고, 장비와 위연을 불러 한중 정복 대공세 전략을 짰다.

이때 장합은 하후상과 함께 정군산의 하후연에게 가서 천탕산의 상황이며 적의 동향을 보고했다.

"천탕산을 빼앗기고 하후덕과 한호가 죽었습니다. 기세를 몰아 유비의 대군이 쳐들어올 듯합니다. 한중을 지키려면 위왕에게 보고해 용맹한 장수와 군사를 보내 달라 하십시오."

하후연은 급박한 정세를 조홍에게 알렸고, 조홍은 식섭 허도로 달려가 조조에게 이런 사실을 알렸다. 조조는 크게 놀라 문무백관을 모아 놓고 한중을 방어할 방도를 상의했다. 유엽이 절박하게 말했다.

"한중을 잃으면 중원도 안전을 장담할 수 없습니다. 대왕께서 직접 나서셔야 합니다."

조조는 스스로 후회했다.

"아, 그때 그대의 말을 듣지 않아 일이 이 지경이 되었구나."

조조는 자리를 박차고 일어나 사십만 대군을 이끌고 직접 정벌에 나섰다. 조조의 대군은 세 갈래로 나누어 진군했다. 선봉은 하후돈이 맡고, 조조가 중군을 거느렸으며 조효에게 후군을 맡겼다. 조조는 왕의 위용에 걸맞게 금 안장을 얹은 백마를 타고 옥대에 비단옷을 입었으며, 호위 무사들의 호위를 받았다. 군사들의 기세는 하늘을 찔렀고, 무기며 복식은 화려하고 웅장했다.

해가 저물 무렵 조조 군은 남정에 닿았다. 조홍이 나와 영접하며 장합이 어떻게 패했는지 자세히 전했다.

"장합이 번번이 패하는 바람에 일이 이 지경이 되었습니다."

조조는 대수롭지 않게 말했다.

"그것은 장합의 죄가 아니다. 싸워서 이기고 지는 것은 병가지상사[†]이니라."

"지금 유비가 황충을 보내 정군산을 공격하고 있습니다. 하후연은 대왕께서 오셨다고 지키고만 있을 뿐 나가지 않고 있습니다. 어찌하면 좋겠습니까?"

"출전하지 않는다면 적을 겁낸다는 것이나 마찬가지 아니겠느냐? 당장 출전하라고 명해라!"

유엽이 말했다.

"하후연 장군은 천성이 지나치게 강직합니다. 잘못하면 적의 간계에 빠질 수 있습니다."

"그래, 그렇다면 내가 주의를 주어야겠다."

조조는 편지를 써서 사자에게 보냈다.

장수라면 강해야 하지만 또한 부드러움을 겸비해야 하는 법이다. 용기만 가지고 싸울 수는 없다. 용기로 싸운다면 한낱 필부일 뿐이다. 내가 남정에 대군을 주둔시키고 있으니 그대의 묘재

병가지상사란 말은 전쟁에서 싸우다 보면 이기기도 하고 지기도 한다는 뜻이야. 실수하는 것도 늘 있는 일이기에 '실수는 병가지상사'라고도 해. 너무 작은 일에 연연하지 말라는 뜻으로 자주 쓰여.

를 보고 싶다. 이 두 글자를 욕되게 하지 마라.

여기서 '묘재'는 '신묘한 재주'이기도 하지만 하후연의 자이기도 했다. 중의적인 표현으로 하후연에게 경계하도록 한 것이다.

"으하하하!"

편지를 읽은 하후연은 무척 기뻐했다. 왕이 직접 용기를 주었기 때문이다. 하후연은 기세등등해 장합과 함께 의논했다.

"위왕께서 직접 오셔서 유비를 토벌하려고 한다. 우리가 안에서 지키기만 한다면 언제 공을 세우겠는가? 내일은 직접 출전해 황충을 잡아오고 말리라."

장합이 말렸다.

"안 됩니다. 황충은 용기와 꾀를 겸비한 자입니다. 게다가 법정이 옆에서 돕고 있지 않습니까? 나가 싸우기란 험한 산길을 지키는 것만 못합니다."

"그러다 다른 자가 공을 세우면 어쩌는가? 그대가 산을 지켜라. 나는 나가 싸우겠다."

하후연은 군령을 내렸다.

"누가 나가 적을 유인할 것인가?"

하후상이 나섰다.

"제가 가겠습니다."

"좋다. 그대는 출전해 싸우면서 전력을 다하지 말고 슬그머니 도망쳐라. 그다음엔 내 계책에 맡겨라."

하후상은 군사 삼천 명을 이끌고 정군산 영채를 떠났다. 황충은 법정과 함께 정군산 어귀에서 줄기차게 싸움을 걸었다. 하지만 하후연이 동요하지 않고 지키기만 할 뿐 나오지 않아 애를 먹었다. 당장 쳐들어가고 싶었지만 지형지세가 험하고 적의 움직임을 알 길이 없어 머뭇거리고 있었다.

그때 조조 군이 내려온다는 보고가 들어왔다. 황충이 군사를 정비해 나가려 하자 부하 장수 진식이 말했다.

"장군, 제가 나가 싸우겠습니다!"

"좋다! 그대에게 천 명의 군사를 주겠다."

진식이 진을 치고 하후상과 맞섰다. 하지만 몇 합 싸우지도 않았는데 하후상이 말을 돌려 달아났다. 급히 쫓아가자 산등성이에서 통나무와 큰 돌들이 굴러 내려왔다. 진식이 전진하지 못하고 허둥대는 사이 등 뒤에서 하후연이 돌격해 들어왔다.

"아차, 속았다!"

진식은 꼼짝없이 사로잡혀 적의 영채로 끌려가고 많은 군사들이 항복하고 말았다.

그 사실을 알고 크게 실망한 황충이 법정과 의논했다.

"이를 어쩌면 좋소? 첫 싸움에서 패했소."

"걱정하지 마십시오. 하후연이라는 장수는 용기만 충만할 뿐 경솔하고 꾀가 모자랍니다. 조조도 그걸 잘 알 겁니다. 우리가 군사들을 격려하고 기세 좋게 영채를 옮기며 조금씩 전진하되 영채를 세울 때마다 적이 싸우러 나오도록 유인하면 됩니다. 그럼 하후연쯤은 너끈히 사로잡을 수 있습니다."

"그대로 되면 좋겠소. 그 꾀의 이름이 무엇이오?"

"반객위주지계라는 꾀입니다. 손님이 주인 된다는 뜻입니다."

"좋소. 당장 시행합시다."

황충은 사기를 북돋우기 위해 진중의 물건들을 군사들에게 상으로 나눠 주었다. 과거의 싸움이라는 것은 결국 노략질이었다. 적의 물건을 빼앗아 내 것으로 만들면 부자가 될 수 있는 논리였기에 군사들이 목숨 걸고 싸운 것이다.

황충의 군사들은 사기가 치솟아 죽기 살기로 싸우겠다고 전의를 다졌다. 기뻐하는 군사들의 환호성이 골짜기를 가득 메웠다. 황충은 그날 부터 조금씩 앞으로 나아가 새로 영채를 세우고, 조금 더 나아가 새로 영채를 세웠다. 야금야금 적들이 다가오자, 하후연은 분기탱천해 나가 싸우려 했다. 그러자 장합이 말렸다.

"장군, 이것은 반객위주지계입니다. 싸우면 안 됩니다. 나가면 적의 꾐에 빠지는 꼴이 됩니다."

그러나 하후연은 장합의 말을 듣지 않았다. 패장의 말 따위는 듣고 싶지 않았던 것이다. 결국 하후상에게 군사들을 이끌고 나가도록 명령 했다.

"저자가 우리 땅을 더는 침범하지 못하게 막아라!"

하후상이 씩씩거리며 말을 달려 나가 싸움을 걸자마자 놀라운 일이 벌어졌다.

"네 이놈!"

황충이 소리치며 나와 하후상과 맞붙었다. 그런데 단 일 합 만에 황충이 하후상의 멱살을 잡아 땅바닥에 내동댕이쳐 포로로 끌고 간 것이다. 깜짝 놀란 군사들이 하후연에게 보고했다.

"장군, 단 일 합 만에 하후상 장군이 포로가 되었습니다."

"무엇이?"

하후연은 자기 조카를 포로로 놔둘 수가 없었다.

"우리에게도 포로가 있지 않으냐? 진식을 끌고 와라!"

하후연은 진식을 끌고 와 포로를 교환하자고 제안했다. 황충 역시 수락해 진지 앞에서 두 장수를 맞교환하기로 했다.

다음 날 복병이 숨을 곳이 없는 넓은 들에서 양쪽 군사들이 마주 보고 진을 벌여 세웠다. 숨 막히는 포로 교환 시간이 되었다. 황충과 하후연이 말을 타고 진 밖으로 나왔다. 황충은 하후상을 데려오고 하후연은 진식을 데리고 나왔다. 두 장수는 갑옷과 투구를 벗고 겉옷만 입은 상태였다.

"북이 울리면 동시에 포로를 내보내라!"

서로 합의한 포로 교환 방식이었다.

"둥!"

북이 울리자 진식과 하후상이 각자 본진으로 내달렸다. 두 사람은 한시라도 빨리 적진에서 벗어나야 했다. 하후상이 있는 힘을 다해 관문에 거의 도착해 마음을 놓으려 할 때였다. 어디선가 날아온 화살이 하후상의 등 한복판을 꿰뚫었다.

"억!"

하후상은 그 자리에 쓰러졌다. 신궁 황충의 솜씨였다. 맞교환했지만 진식은 살고 하후상은 죽었다.

"내 이놈을……."

눈앞에서 조카가 쓰러지자 하후연은 피가 거꾸로 솟았다.

"저 쓰레기 같은 자들을 짓밟아라!"

군사들이 폭풍처럼 황충에게 달려들었다. 황충은 기다렸다는 듯 하후연을 맞아 이십여 합을 싸웠다. 그때 하후연의 진지에서 징소리가 울렸다. 무슨 일이 생겼다는 신호였다.

"네놈 목을 잘 간수해라. 나중에 내가 꼭 취하리라!"

하후연이 이를 갈며 소리친 뒤 말을 돌려 영채로 돌아갔다. 황충이 기세를 그냥 흘려보내지 않았다.

"저들을 쫓아가 짓밟아라!"

황충의 군사들은 한바탕 조조 군을 짓밟았다.

"무슨 일로 징을 쳤느냐?"

허둥지둥 군사들을 수습한 하후연이 물었다.

"저편 산속에 촉군의 깃발이 보였습니다. 복병이 아닐까 싶어 징을 쳤습니다."

"쥐새끼 같은 놈들! 잘했다. 신중해서 나쁠 게 없다."

그 뒤 하후연은 굳게 지키기만 하고 싸우러 나가지 않았다. 황충은 정군산 밑까지 추격했지만 더는 싸움을 이어 나갈 수가 없었다.

싸움이 소강상태에 들어가자 황충은 법정과 의논했다.

"하후연이 나올 기미가 없으니 어찌하면 좋겠소?"

법정이 손가락을 들어 산을 가리키며 말했다.

"높은 산에 올라가 적진을 내려다보면 적의 허실을 훤히 알 수 있지요. 정군산 서쪽에 사면이 모두 험준한 산봉우리가 하나 있는데, 만약 장군께서 그 봉우리만 얻는다면 정군산은 우리 손에 들어온 것이나 다름없습니다."

황충이 올려다보니 가파른 산꼭대기에 얼마 안 되는 사람과 말들이 보였다. 그날 밤 황충은 군사들을 끌고 가 정군산 서쪽 산봉우리를 점령했다. 산봉우리를 취하자 정군산을 훤히 내려다볼 수 있게 되었다. 법정이 새로운 계략을 냈다.

"제가 이 꼭대기에서 정세를 살필 테니 장군은 산 중턱을 지키십시오. 하후연의 군사가 오는 것이 보이면 백기를 흔들겠습니다. 그때는 절대 싸우지 마십시오!"

"그럼 언제 싸우란 말이오?"

"적들이 지쳐 쉴 때 홍기를 흔들겠습니다. 그때 단숨에 쳐들어가 적을 공격하십시오. 편안한 상태에서 피곤한 군사들을 치면 반드시 이깁니다."

"좋은 계략이오."

하후연은 뒤늦게 맞은편 산봉우리를 뺏겼다는 소식을 듣고 불같이 화를 냈다.

"에잇, 군사들은 뭘 했단 말이냐? 맞은편 산을 빼앗겼으니 나가 싸우지 않을 수 없도다."

그러자 장합이 말렸다.

"이건 법정의 계략입니다. 싸우지 말고 지키십시오."

"그대는 왜 지키라고만 하는가? 맞은편을 점령한 적이 우리를 속속들이 내려다보고 있지 않으냐?"

"그렇더라도 나가면 안 됩니다."

"듣기 싫다!"

하후연은 장합의 간언을 뿌리치고 군사를 나누어 맞은편 산을 포위했다. 황충이 산꼭대기를 살피자 백기가 올라와 있었다. 싸우지 말라는 뜻이었다. 조조 군이 아무리 욕을 퍼부어도 황충은 들은 척도 않고 영채만 지킬 뿐이었다.

"늙은 여우 같은 놈아, 나와서 싸우자!"

"겁쟁이 버러지, 황충아! 나와라!"

욕을 하고 소리 지르며 싸움을 거는 것도 여간 힘든 일이 아니었다. 적을 포위한 채 쉬지 않고 북을 치고 고함을 질러야 했기 때문이다. 해가 중천을 지나 오시가 되자 조조 군은 점점 지쳐 갔다. 말에서 내려 땅바닥에 널브러져 쉬는 군사들이 있는가 하면 아예 드러누운 군사도 눈에 띄었다.

법정은 이때다 싶어 홍기를 흔들었다. 산봉우리를 살피던 황충은 홍기를 보고 곧바로 명령했다.

"군사들이여, 지금이다!"

황충의 군사들은 북과 징을 울리고 피리를 불며 아래쪽으로 쳐내려왔다. 땅이 진동하고 천둥번개가 치듯 강력한 기습이었다. 기습에 대비하지 못한 하후연은 미처 손쓸 틈조차 없었다.

"네 이놈!"

황충이 호통치며 보검을 휘두르는 순간 하후연의 몸이 막대기처럼 두 동강 났다. 적장의 목이 달아나자 황충의 군사들은 더욱 기세를 올렸다. 조조 군은 속수무책으로 무너져 내렸다. 군사들은 저마다 살길을 찾아 도망치기 바빴다.

"기세를 몰아 정군산을 빼앗아라!"

황충의 군사들이 정군산을 향해 내달렸다. 장합이 군사를 끌고 나와 맞서려 했지만 진식과 함께 협공해 치고 들어가자 장합이 당해 낼 재간이 없었다. 황급히 퇴로를 찾아 도망치는데 산모퉁이에서 한 무리의 군사가 앞을 가로막았다. 조자룡의 군사였다. 놀란 장합은 패잔병을 이끌고 간신히 길을 뚫어 정군산 쪽으로 길을 텄다. 그때 또다시 한 무리의 군사가 몰려왔다.

'아, 이제 죽는구나.'

장합은 자포자기하는 심정이었다. 그런데 맞은편 군사들은 다행히 적군이 아니라 아군이었다. 하지만 반가움도 잠시뿐이었다. 그들이 놀라운 소식을 전했다.

"정군산은 이미 유봉과 맹달에게 빼앗기고 말았습니다. 그리 가시면 안 됩니다."

장합은 정신이 아득했다. 겨우 패군을 수습해 한수 기슭에 영채를 세우고 조조에게 전황을 알렸다. 그런데 조조는 정군산의 함락보다도 하후연의 죽음을 더 애통해했다.

"아, 어찌하여 죽었단 말이냐?"

그러다 과거에 관로가 한 예언이 떠올랐다. 정군산 남쪽에서 한 장수를 잃는다는 점괘가 바로 맞아떨어진 것이다. 조조와 하후연의 친형제 같은 정리는 이렇게 끝났다. 조조는 기막힌 예언을 한 관로를 찾으려 수소문했지만 끝내 그의 행방은 알 길이 없었다.

2
의심 많은 조조

조조는 천하를 얻으려고 수많은 선비를 끌어모으고 많은 장수를 수하에 거느렸다. 그는 인재에 관해서는 평생 일관된 태도를 보였다. 그래서인지 조조의 위세는 당대 최고의 반열에 올랐다. 조조 밑에는 정말이지 다양한 사람들이 모여들었다. 그들은 어쩌다 한 번이라도 눈에 띄는 공을 세우고자 애쓰곤 했다.

그 무렵 조조 수하에 양수라는 자가 있었다. 원래 재주가 많았지만 행동이 경박하기로 널리 알려진 사람이었다. 조조는 양수를 눈여겨보았다. 재주는 있었지만 뭔가 불안했기 때문이다.

한번은 조조가 궁에 꽃동산을 꾸민 적이 있었다. 꽃동산이 완성된 뒤 조조가 시찰을 나갔다. 경내를 둘러보면서 조조는 좋다 나쁘다 말을 않고 문 위에 '살 활(活) 자'를 써 놓았다. 그런데 어느 누구도 그 뜻을 알지 못했다.

"뭘 살리라는 거지?"

"글쎄 말이야, 왕께서 무슨 뜻으로 쓰신 걸까?"

그때 재주 많은 양수가 웃으며 말했다.

"문(門) 안에다 살 활 자를 쓰지 않았는가? 그러면 넓을 활(闊) 자 아니 겠나. 화원의 문이 너무 넓어 못쓰겠다는 뜻이지."

꽃동산을 만든 관리가 그 말을 듣고 담장을 다시 쌓고 문을 줄여 만들어 달았다. 나중에 이를 본 조조가 깜짝 놀랐다.

"내 마음에 딱 들게 고쳤구나. 누가 이렇게 하라 했느냐?"

"양수가 알려 주었습니다."

"허허, 내 뜻을 알아채다니 훌륭하구나."

말은 그렇게 했지만 조조는 자기 속을 들여다보는 양수가 꺼림칙했다.

또 한번은 변방에서 양젖으로 만든 양유 한 통을 보내온 적이 있었다. 북쪽 산악 지방에서 나는 고급 양젖이었다. 조조는 양젖을 담은 합 위에 일합수(一合酥)라는 글자를 써서 올려놓았다. 무슨 의미인지 아무도 알 수 없었는데 양수가 보더니 말했다.

"숟가락을 들고 오시오. 먹어 봅시다."

여러 사람이 달려들어 양유를 먹어 치웠다. 나중에 양유가 없어진 것을 알고 조조가 물었다.

"누가 이걸 먹었느냐?"

"양수가 먹으라 해서 여럿이 먹었습니다."

조조가 양수를 불러 물었다.

"네가 뭘 알고 진상품을 먹으라 했다는 것이냐?"

양수가 웃으며 말했다.

"승상께서 합 위에 일인일구수(一人一口酥, 盒을 人一口로 풀어 쓴 것)라고 쓰셨습니다. 한 사람이 한 입씩 먹으라는 뜻 아니었습니까? 그래서 저희들이 다 나누어 먹었습니다."

"허허허, 그대의 재치가 놀랍구나."

양수는 조조가 쓴 글을 파자(破字, 한자의 자획을 풀어 나눔)해 의미를 알아낸 것이다. 조조는 크게 웃었지만 역시 간담이 서늘했다. 양수가 자기의 속을 꿰뚫어 본 듯해 기분이 나빴던 것이다.

그때 조조는 항상 밤에 자객이 들지 않을까 두려워해 수하들 사이에 헛소문을 퍼뜨려 놓았다.

"나는 꿈을 꾸다 칼을 휘둘러 사람을 죽이는 버릇이 있다. 그러니 잠든 뒤에는 곁에 오지 않도록 조심해라."

어느 날 조조가 장막 안에서 잠을 자는데 이불이 떨어졌다. 가까이 모시던 시종이 무심코 이불을 덮어 주려 다가간 순간 조조가 벌떡 일어나 칼로 베어 버렸다. 그리고 나서 다시 천연덕스럽게 잠을 잤다. 다음 날 아침 깨어난 조조가 시종의 시신을 보고 놀라 소리쳤다.

"누가 시종을 죽였느냐?"

"승상께서 주무시다가 죽이셨습니다."

조조는 크게 흐느껴 울었다.

"으흐흐흑, 내 잠버릇 때문에 네가 죽었구나. 여봐라, 시종의 장례를 후하게 치러 주어라."

그런 일이 있고 나서 사람들은 정말 조조의 잠버릇이 나쁜 줄 알았다. 하지만 양수는 이미 꿰뚫고 있었다. 자객이 들지 못하게 하려는 수작인 것을. 시종의 관이 앞을 지나가자 양수가 말했다.

"승상께서 꿈을 꾼 게 아니라 자네가 꿈을 꾸었구나. 안됐다. 불쌍한 사람 같으니라고."

그런 소문이 퍼지자 조조는 양수를 더욱 미워했다. 그러나 조조의 셋째 아들 조식은 양수의 지혜를 좋아했다. 같이 만나 이야기도 나누고 밤새도록 담론을 즐기곤 했다. 한마디로 궁합이 잘 맞은 것이다.

조조는 한때 셋째 아들 조식을 세자로 삼으려고 관원들을 모아 방도를 찾은 적이 있었다. 맏아들 조비가 그런 낌새를 채고 자기에게 도움을 줄 수 있는 조가현의 현령 오질을 불러 계책을 얻으려 했다. 오질은 박학다식해 당시 여러 제후의 총애를 받았다. 시국이 시국인지라, 조비는 남의 이목이 두려워 어떻게 하면 자기가 오질을 만났다는 사실이 조조의 귀에 들어가지 않을까 궁리했다. 조비는 생각다 못해 큰 채롱 안에 오질을 넣어 데려오라고 일렀다. 그런데 양수가 그 사실을 알고 조조에게 고했다.

"조비가 오질을 불러다 꾀를 얻으려 하고 있습니다."

그 말을 들은 조조가 명령을 내렸다.

"부중으로 들어오는 사람이며 물건들을 엄격히 조사하라."

이에 당황한 조비가 오질에게 그런 사실을 알렸다.

"그대를 모셔다 방책을 구하려 했는데 일이 위태롭게 되었소. 어쩌면 좋소?"

그러자 오질은 이렇게 말했다.

"걱정하실 것 없습니다. 채롱에 진짜 비단을 넣어 들여가십시오."

다음 날 조비가 채롱을 부중에 들이려 했다. 조조의 명을 받은 군사들은 채롱을 샅샅이 뒤졌다. 하지만 진짜 비단밖에 없었다. 일이 이렇게 되자 조조는 양수를 의심했다. 조비를 헐뜯으려 흉계를 꾸민 게 아닌가 싶었던 것이다. 오질이 약삭빠른 양수에게 한 방 먹인 셈이다.

하루는 조조가 조비와 조식 중 과연 누가 더 재주가 있는지 시험해 보려고 두 아들을 성 밖으로 심부름을 보냈다. 문지기에게는 두 아들을 절대 성문 밖에 내보내지 말라고 지시했다. 누가 융통성이 있는지 살펴보려 한 것이다.

먼저 조비가 성문을 나서려 하자 문지기가 죽기를 각오하고 막았다.

"위왕의 분부입니다. 누구도 못 나가십니다."

아무리 어르고 달래도 문지기가 말을 안 듣자, 조비는 결국 성 밖으로 나가지 못했다. 이 소식을 듣고 조식은 양수에게 조언을 구했다.

"어찌하면 내가 나갈 수 있겠는가?"

"왕명을 받아 나가시는 것 아닙니까? 앞길을 막는 자가 있으면 그 자리에서 목을 베십시오."

"알았다."

조식은 양수의 말을 듣고 당당히 성문으로 향했다. 그러자 문지기가 막아섰다.

"왕명입니다. 아무도 못 나가십니다."

"내가 바로 왕명을 받았느니라. 어찌 네놈이 왕명을 들먹이느냐? 길을 비켜라!"

그래도 문지기가 문을 안 열자, 조식이 그 자리에서 문지기를 참했다. 그리고 유유히 성문을 빠져나갔다. 소식을 전해 들은 조조는 흐뭇하게 웃었다.

"역시 식이가 잘하는구나."

조조는 조식이 결단력이 있다고 생각했다. 그런데 나중에 조비 쪽 사람이 와서 알렸다.

"그 꾀는 양수가 일러 준 것입니다. 억울하게 문지기만 죽임을 당했습니다."

"뭣이? 그것이 양수의 머리에서 나온 꾀란 말이냐?"

"그러하옵니다."

"양수 이놈을……."

셋째 아들이 결단성 있고 총명한 줄 알았던 조조는 실망이 분노로 바뀌었다. 그러나 양수가 조식을 도와준 일이 죄는 아니었기에 어쩌지 못했다. 그런데 일이 여기서 그치지 않았다. 양수는 조식을 위해 평상시에 조조의 관심사와 질문 사항을 뽑아 미리 공부를 시켰다. 무엇을 물어보든 막히지 않고 대답할 수 있게 열 가지 항목을 정리해 준 것이다.

"잘 외웠다가 왕께서 물어보시면 이렇게만 대답하십시오."

조조는 수시로 아들들을 불러 군사며 나랏일에 대해 이것저것 묻곤

했다. 그러나 무엇을 묻든 조식은 청산유수처럼 대답을 잘했다. 아무리 자기 아들이지만 그렇게 막힘없이 대답하는 것을 보고 슬며시 의구심이 들었다.

'어쩜 저렇게 내 안에 들어와 본 것처럼 마음에 드는 대답만 골라 한단 말인가?'

나중에야 그 비밀의 전말이 드러났다. 조비가 조식의 수하를 매수해 양수가 적어 준 모범 답안을 조조에게 바친 것이다.

"아버님, 알고 보니 식이의 지혜가 양수의 것이었습니다."

"뭐라고? 이런 괘씸한 놈 같으니라고!"

조조는 불같이 화를 냈다.

'하찮은 선비 나부랭이가 나를 농락했구나. 가만둘 수 없다!'

이런 일화에서 볼 수 있듯이 조조는 자식[†]은 물론 신하며 장수들을 끊임없이 의심했다. 그의 끊임없는 의심은 동시에 자신이 총애하는 군신들에 대한 신뢰와 조화를 이루어 대업을 이루는 경지까지 간 것이다.

유비 군에게 대패한 조조는 황충에 대한 원

여기서 잠깐!!

조조는 큰 권세를 누린 만큼 아들도 많이 낳았어. 조조의 아들들에 대한 기록은 무척 정확하지. 정사에도 자세히 나와 있는데, 그는 변 황후를 비롯한 열세 명의 황후와 소실에게서 무려 스물다섯 명의 아들을 두었어. 그중 조비가 태자로 봉해지고 훗날 제위에 오르게 돼. 조비가 큰아들인 줄 알지만 사실 따져 보면 셋째 아들이야. 소실이었던 유 부인의 아들인 조앙은 장수를 토벌하러 갔다가 죽었어. 이렇게 조앙을 비롯한 여덟 명의 아들이 요절했는데 조충의 경우에는 지혜롭기 그지없어 조조가 무척 슬퍼했지. 그 밖에 딸이 셋이 있었는데 원만한 삶을 살지는 못했어.

한을 삭일 수가 없었다.

"내가 직접 나가 황충의 목을 치겠다!"

조조는 이십만 대군을 이끌고 정군산에 이르렀다. 목적은 하후연의 원수를 갚는 것이었다. 서황을 선봉으로 삼아 한수에 도착하자 장합이 나서서 대군을 맞이했다.

"왕이시여, 정군산을 잃었습니다. 미창산에 보관 중인 군량과 마초를 북산으로 옮기십시오. 그 뒤에 진군하셔야 합니다."

조조는 전장터에 나선 장수의 말을 늘 신뢰했다.

"그대의 말을 따르겠노라."

그 무렵 황충은 가맹관으로 가서 유비에게 하후연의 목을 바쳤다. 유비는 기뻐하며 황충의 벼슬을 높여 주고 잔치를 베풀었다. 하지만 그것도 잠시, 조조의 이십만 대군이 쳐들어온다는 보고가 들어왔다. 제갈공명이 말했다.

"조조는 의심이 많은 자입니다. 대군을 끌고 왔고, 군량과 마초도 분명히 넉넉지 않을 것입니다. 머뭇거리며 의심하고 있을 때 우리가 먼저 쳐들어가 적의 군량과 마초를 태워 없앤다면 조조 군의 예기를 꺾을 수 있습니다."

황충이 분연히 일어섰다.

"제가 가서 처리하겠습니다."

그러나 제갈공명이 또다시 막았다.

"황 장군, 이번에는 그렇게 가벼운 사안이 아닙니다. 조조는 하후연과 비할 인물이 아니오."

유비는 은근히 투쟁심을 부추겼다.

"하후연이 장군이라 하지만 한낱 용맹한 대장부에 불과하오. 하지만 장합은 그보다 훨씬 뛰어난 인물이니 장합의 목을 벤다면 하후연의 목보다 열 배는 값어치가 있을 것이오."

그러자 황충이 결의를 보였다.

"제가 가서 장합의 목을 베겠습니다."

그제야 제갈공명이 황충의 분기를 보고 허락했다.

"정 그렇다면 좋소이다. 장군이 조자룡 장군과 함께 가시오. 서로 상의해 군사를 움직이면 될 것이오. 누가 공을 세우는지 보겠소이다."

황충과 조자룡이 함께 군사를 거느리고 떠났다. 가는 길에 조자룡이 황충에게 물었다.

"장군, 조조가 이십만 대군을 끌고 와 영채를 열 군데나 세웠소이다. 주공 앞에서 마초와 군량을 모조리 불태워 버리겠다고 큰소리치셨는데 어떻게 하실 작정이시오?"

"내가 가서 어찌하는지 구경이나 하시오."

"장군, 젊은 제가 가는 게 낫지 않겠습니까?"

"내가 주장이고 그대가 부장인데, 어찌 그대가 먼저 간다고 하는 것이오?"

용맹에 있어서는 조자룡도 그 누구에게 지고 싶은 생각이 없었다.

"주공을 위해 싸우는데 주장과 부장을 따져 뭐 하겠습니까? 차라리 제비를 뽑아 결정하시지요."

조자룡이 뜻을 굽히지 않자 황충은 제비뽑기를 했다. 그 결과 황충이 먼저 가게 되었다.

"좋습니다. 장군이 앞서 가신다니 제가 뒤에서 돕겠습니다. 정한 시간까지 돌아오시지 않으면 군사를 끌고 나가 돕도록 하겠습니다."

두 사람은 다음 날 정오에 만나기로 시간을 정했다. 조자룡이 부하 장수 장익에게 일렀다.

"황 장군이 내일 정오까지 적진을 치고 들어가 마초와 양식을 불사르기로 했다. 그때까지 돌아오지 않으면 내가 도우러 갈 것이니, 내가 없는 동안 영채를 잘 지키고 경솔히 움직이지 말도록 해라."

"알겠습니다!"

황충 역시 부하인 장저에게 명령을 내렸다.

"내가 하후연의 목을 쳐서 장합이 내심 두려워하고 있을 것이다. 내일 작전을 벌이는데 군사 오백 명을 남겨 영채를 지키게 하겠다. 그대는 나를 도와 오늘 밤 군사들을 배불리 먹이고 내일 새벽에 떠나 장합을 사로잡은 뒤 군량과 마초에 불을 지르도록 하자."

"영을 따르겠습니다!"

다음 날 새벽, 황충이 앞장서고 장저가 뒤를 따랐다. 그들은 한수를 건너 북산 기슭으로 소리 없이 진군했다. 새벽빛이 밝아 오자 조조 군이 쌓아 놓은 산더미 같은 군량과 마초가 눈에 들어왔다. 이를 지키던 얼마 안 되는 군사들은 촉군을 발견하자 싸울 태세를 갖추기는커녕 지레 겁을 먹고 무기를 버리고 달아났다.

"군량과 마초에 불을 질러라!"

황충의 명에 따라 군사들이 불을 붙이려 할 때였다. 장합의 군사들이 기다렸다는 듯 들이닥쳤다.

"황충아, 기다려라! 내 이럴 줄 알았다."

기습을 받은 황충의 군사들은 장합의 군사들과 일대 혼전을 벌였다. 전투 소식은 곧 조조에게 전해졌다.

"서황, 그대가 가서 돕도록 하라!"

서황이 군사를 끌고 와 가세하자 백중세이던 전세가 금방 장합 쪽으로 기울었다. 적진 깊숙이 들어간 황충은 적에게 포위되고 말았다. 그나마 군사 삼백 명을 거느린 장저는 간신히 길을 터 빠져나왔다. 황급히 영채로 돌아오는데 이번에는 문빙이 앞을 막아서고 뒤에서 조조가 대군을 거느리고 오는 것이 아닌가. 엎친 데 덮친 격이었다.

영채에 남아 있던 조자룡은 약속 시간이 돼도 황충이 돌아오지 않자 삼천 군사를 거느리고 출정했다. 장익에게 활과 쇠뇌를 배치해 만일의 사태에 대비하라 이른 뒤 나는 듯이 달려 나갔다.

조자룡이 처음 만난 적은 문빙의 부장인 모용렬이었다. 모용렬은 조자룡을 보자 미친 사람처럼 칼춤을 추며 달려들었다. 하지만 한순간에 조자룡의 제물이 되고 말았다. 장수가 변변히 싸우지도 못하고 목이 달아나자 조조 군사들은 당황했다. 단번에 기세가 꺾인 것이다. 조조 군이 어지럽게 흩어지자 조자룡이 적의 포위망을 뚫고 곧장 쳐들어갔다.

"네 이놈!"

그의 앞을 막아선 자는 조조 군의 장수 초병이었다. 조자룡은 가소로운 듯 상대를 보며 물었다.

"우리 촉군이 어디 있느냐?"

"하하하, 내가 다 죽였다."

조자룡은 화가 치솟아 단칼에 초병을 베어 죽였다. 여세를 몰아 적군을 짓밟으며 치고 나가자 조조 군사들이 그 기세에 눌려 저마다 도망치기 바빴다. 조자룡이 북산 밑까지 달려가자 장합과 서황이 황충을 포위하고 공격하는데 모두 지친 기색이 역력했다. 새벽부터 오후가 되도록 내처 싸웠기 때문이다.

"황 장군, 내가 왔소이다! 기다리시오!"

조자룡은 말을 몰아 포위망을 뚫고 들어갔다. 그 모습은 마치 사람 없는 들판을 종횡무진으로 누비는 듯했다. 게다가 창을 휘두르는 모습은 한 마리 나비가 허공을 자유롭게 나는 것만 같았다. 장합과 서황은 조자룡의 아름답기까지 한 무용에 감히 맞서 싸울 엄두를 못 냈다. 조자룡은 황충을 구출해 유유히 포위망을 빠져나갔다.

높은 곳에서 싸움을 지켜보던 조조가 물었다.

"저 장수가 도대체 누구냐?"

"상산 조자룡이라 하옵니다."

"장판교의 영웅이 아직 살아 있었구나. 군사들에게 조자룡을 가벼이 대하지 말라고 명해라."

조조의 명을 받은 군사들은 함부로 조자룡에게 덤벼들지 않았다. 조자룡은 황충을 구출해 겹겹이 둘러싼 포위망을 뚫고 남쪽으로 말을 달렸다. 그때 한 군사가 소리쳤다.

"장군, 동남쪽에 포위된 우리 장수가 장저인 것 같습니다."

"내가 그를 구해 오겠다."

조자룡이 말을 돌려 동남쪽으로 향했다. 적군은 조자룡의 깃발이 보이기만 하면 꽁무니를 빼기 일쑤였다. 장저까지 구한 조자룡이 용맹무쌍하게 진지를 짓밟고 빠져나가자 조조의 군사들은 복장이 터질 지경이었다. 조조도 더는 분을 참을 수 없었다.

"조자룡, 저자를 당장 쳐 죽여라!"

조조가 직접 군사를 이끌고 추격했지만 조자룡은 무사히 본채로 돌아왔다. 부장인 장익이 조자룡을 맞으러 나왔을 때 먼지가 구름처럼 일며 조조의 대군이 밀려왔다.

"장군, 조조의 대군이 몰려오고 있습니다. 영채 문을 닫고 성루에 올라가 적을 막으시지요."

"무슨 소리를 하는 게냐? 영채 문을 열어 두어라. 나는 장판교에서 혼자 조조 군 팔십만 명을 대적했다. 지금은 우리 장수와 군사가 그때보다 훨씬 더 많다. 무엇이 두렵단 말인가?"

조자룡은 참호 속에 궁노수들을 매복시키고 영채 안의 깃발과 창을 내리게 했다. 북과 징도 울리지 말라 일렀다. 그런 뒤 홀로 말을 타고 영채 앞으로 나가 조조 군을 기다렸다. 장합과 서황의 군사들은 기세 좋게 몰려왔다가 순간 어안이 벙벙했다. 해는 기우는데 영채 앞에 깃발도 없고 북소리조차 들리지 않았다. 그저 조자룡이 혼자 말을 타고 그들을 맞은 것이다.

"무슨 잔꾀일까요?"

"글쎄, 섣불리 행동해선 안 되겠는걸."

두 장수가 의심을 떨치지 못하고 머뭇거릴 때였다.

"당장 조자룡을 쳐라!"

조조의 명령이 떨어졌다.

"와아!"

함성과 함께 조조 군이 앞으로 내달렸다. 군사들이 가까이 다가왔는데도 조자룡은 요지부동이었다.

"이상해. 조자룡의 꾀에 빠지는 것 같아."

앞서가던 군사들이 머뭇거리는 바람에 뒤따라가던 군사들은 멋모르고 밀고 들어가 자기들끼리 우스꽝스러운 모습을 연출했다. 앞의 군사가 뒤의 군사에게 밟히고 깔리는 형국이었다.

"이때다! 공격하라!"

조자룡의 신호가 떨어지자 참호에 숨어 있던 궁노수들이 일제히 활을 쏘았다. 하늘을 까맣게 뒤덮을 정도로 무수히 화살이 날아오자 조조 군은 당황해 더 큰 혼란에 빠졌다. 날은 어두워져 촉의 군사가 도대체 얼마나 되는지 짐작하기도 어려웠다.

"안 되겠다. 후퇴하라!"

조조가 먼저 말머리를 돌렸다. 기다렸다는 듯 숨어 있던 촉군이 여기저기서 북과 징을 울리며 숨통을 조여 왔다. 조조 군은 서로 밟고 밀치고 구르면서 달아나기에 바빴다. 그 서슬에 한수까지 밀려났고, 한수를 건너느라 물에 빠져 죽은 군사가 또한 부지기수였다. 조자룡과 황충, 장저가 군사들을 수습해 그들을 쫓아갔다. 그 시각, 유봉과 맹달은 각각 군사를 이끌고 미창산으로 쳐들어가 군량과 마초에 불을 놓았다.

"이대로 싸울 수는 없다. 일단 후퇴하라!"

북산의 군량이 없어지자 조조는 남정으로 돌아갔다. 서황과 장합도 버티지 못하고 본채를 버리고 후퇴했다. 조자룡은 조조의 영채 열 곳을 접수했고, 황충은 북산의 군량과 군사를 모두 빼앗았다. 촉군이 한수에서 얻은 군수품은 헤아릴 수 없을 정도로 많았다. 그야말로 대첩에 버금가는 승리였다.

유비가 조자룡의 군사들에게 물었다.

"그대들의 장수가 어찌 싸우더냐?"

군사들은 너도나도 침을 튀기며 보고도 믿을 수 없는 조자룡의 활약상을 전했다.

"조 장군은 사람의 경지가 아니었습니다!"

"이름이 과연 헛되지 않았습니다!"

유비가 흐뭇하게 웃으며 칭찬했다.

"자룡은 참으로 용맹한 장수로다!"

후세 사람들은 조자룡이야말로 장판교에서 보여준 용맹이 여전히 죽지 않았고, 진정한 영웅으로 귀신도 곡할 담력의 화신이라 불렀다고 칭찬했다.

유비는 장수들에게 벼슬을 내리고 군사들에게 잔치를 베풀어 노고를 위로했다. 하지만 싸움은 아직 끝나지 않았다. 조조가 다시 군사들을 추슬러 유비를 치러 온 것이다.

"조조가 샛길로 대군을 보내 한수를 치러 오고 있습니다."

유비가 웃으며 대꾸했다.

"걱정할 것 없다. 다시 온다 한들 얻을 것이 없다. 내가 반드시 한수를 차지할 것이다."

유비는 직접 군사를 거느리고 한수 서쪽으로 나아가 영채를 세우고 조조 군을 기다렸다. 조조는 서황을 선봉으로 삼아 대오를 갖췄다. 그때 조조 앞에 한 사람이 나서서 의욕을 불태웠다.

"제가 이곳의 지리를 잘 압니다. 서 장군을 도와 촉군을 쳐부수는 데 공을 세우게 해주십시오."

돌아보니 왕평이었다. 그는 바로 그 지역이 고향인 장수였다. 싸움에서 현지 지리를 잘 아는 자가 있으면 절대적으로 유리한 법이었다.

"그렇게 하라."

왕평은 부선봉이 되어 서황을 보좌하게 되었다.

서황과 왕평이 군사를 이끌고 한수 기슭에 이르렀다.

"자, 강을 건너가 영채를 쳐라. 이것이야말로 배수진†이다."

서황의 명령에 왕평이 말렸다.

"강 건너에 진을 쳤다가 후퇴하게 되면 어찌하시려고 그럽니까?"

"한신이 배수진을 치지 않았던가! 죽을 땅에 들어가야 산다는 작전을 쓸 것이야."

"한신은 조나라 군대가 무모하다는 것을 알고 그런 계책을 쓴 것입니다. 지금은 장군께서 황충과 조자룡의 계책을 모르지 않습니까? 적을 알아야 이길 수 있습니다."

"무슨 소리를 하는 건가? 그대는 보병을 거느리고 여기서 기다리게. 내가 기병을 끌고 가서 적을 물리칠 테니 지켜보기나 하게."

서황은 배다리를 만들어 강을 건너 촉나라 병사들과 싸우려 했다. 그러나 사람들은 서황의 무모함을 비웃었다. 망령되게 한신을 본받으려 했지만 촉의 군사가 제갈공명이라는 것을 어찌 모르고 무모한 짓을 했냐는 것이다.

서황은 고집대로 한수를 건너 강 남쪽에 영채를 세웠다. 그러자 황충과 조자룡이 유비에게 나가 싸우겠다고 전했다. 황충은 전장에서 평생을 보낸 노회한 장수였다. 그가 조자룡에게 계책을 알렸다.

"서황이 무모하게 자기 용맹만 믿고 강을 건너왔다. 저런 자와 맞서 싸울 필요 없이 해가 떨어진 뒤 쉬고 있을 때 군사를 양쪽으로 나누어 치는 게 어떻겠는가?"

조자룡도 고개를 끄덕였다.

"좋은 계책입니다. 맞서 싸울 필요 없지요."

그들은 약간의 군사를 거느리고 영채에 머물렀다. 이때 서황이 군사들을 몰고 와 싸움을 걸었다. 오전부터 싸우자고 욕을 퍼부으며 기세를 올렸지만 하루해가 저물 때까지 촉군은 응대하지 않았다. 서황은 답답했다. 자칫 곤궁에 빠질지도 모른다는 생각이 들었다.

"활을 쏴라. 그사이에 후퇴하자."

배수진(背水陣)은 한나라의 명장 한신이 조나라 군사들과 싸울 때 사용한 전법이야. 한신이 적군에게 쫓겨 큰 강을 뒤로하고 진을 쳤어. 그걸 본 조나라 군은 물러갈 곳이 없으니 다 죽겠다며 코웃음을 쳤지. 하지만 뒤로 물러서면 강물에 빠지게 된 한신의 군대는 모든 병사들이 죽기 살기로 싸워 큰 승리를 거두었어. 요즘은 더 물러설 데가 없는 상황에서 필사의 노력을 기울여 일을 헤쳐 나가는 태도나 방법을 가리키는 말로 쓰이지.

궁노수들이 촉의 영채로 일제히 활을 쏘았다. 촉나라 군사들은 빗발치듯 날아오는 화살을 방패로 막았다. 그 모습을 보고 황충이 조자룡에게 말했다.

"활을 쏘는 것을 보니 퇴각할 모양이오."

"제 생각도 그렇습니다."

활을 쏜다는 것은 공격을 의미했지만 사정거리 안으로 들어오지 말라는 뜻이기도 했다. 적이 화살이 두려워 거리를 둘 때 강을 건너려 한 것이다. 조금 뒤 예상대로 보고가 들어왔다.

"적군이 후퇴하기 시작했습니다."

"이때다! 돌격하라!"

촉군은 북을 울리며 진격했다. 황충은 왼쪽으로, 조자룡은 오른쪽으로 나오며 협공했다. 촉군이 순식간에 기습하자 서황의 군사들은 대오가 흩어져 제대로 대응하지 못했다. 강을 건너지 못한 채 물에 빠져 죽은 군사가 얼마인지 헤아리기도 어려웠다. 죽기 살기로 싸워 겨우 강을 건넌 서황이 왕평을 꾸짖었다.

"내가 분명히 도우라 명했는데 그대는 어찌하여 구원하러 오지 않았는가?"

"장군, 흥분을 가라앉히십시오. 내가 말렸는데 장군이 무모하게 강을 건너지 않았습니까? 장군을 도우러 나갔다면 이 영채도 지킬 수 없었을 겁니다. 어찌하여 참패한 뒤에 남을 탓하십니까?"

"네 이놈, 부장 주제에 감히 나를 훈계하느냐? 당장 네놈 목을 벨 것이야!"

왕평은 서황 밑에 있다가는 목숨을 보전할 수 없다는 생각이 들었다.

'이래 죽으나 저래 죽으나 마찬가지다.'

그날 밤 왕평은 불을 지른 뒤 군사를 이끌고 영채를 빠져나왔다. 아닌 밤중에 화재를 만나 당황한 서황은 영채를 버리고 달아났다. 왕평은 그대로 강을 건너 조자룡에게 항복했다.

"어서 오시오. 우리 주공께서 그대를 귀하게 쓸 것이오."

조자룡이 왕평을 유비에게 데려가자 유비는 뛸 듯이 기뻐했다.

"그대가 진정 나를 도울 귀인이오. 어서 오시오."

유비의 환대에 왕평은 한껏 고무되어 한중의 지리를 그림 그리듯 상세하게 알려 주었다. 유비가 얼굴에 웃음을 띠며 말했다.

"내가 오늘 그대를 얻었으니 한중이 내 손아귀에 들어온 것이나 마찬가지다."

유비는 왕평을 편장군으로 삼고 향도사의 임무를 주어 참전케 했다.

한편, 서황은 후퇴해 조조를 찾아가 보고했다.

"왕평이 우리를 배반하고 유비에게 투항했습니다."

"이런 괘씸한 자가 있나! 내 직접 한수의 영채를 탈환하고 말리라."

조조가 화를 내며 대군을 이끌고 출동했다.

소식을 들은 조자룡은 조조의 대군과 맞서 싸우기는 힘들다고 생각했다. 한 번은 속일 수 있어도 두 번, 세 번 속이기는 어렵기 때문이다. 조자룡이 한수 서쪽으로 물러나 양군이 강을 사이에 두고 대치했다. 제갈공명이 유비와 함께 부근의 지리를 살피다 한수 상류에 군사들을 매복시킬 만한 토산을 발견했다. 제갈공명은 영채로 돌아와 조자룡에게 명령했다.

"그대는 군사 오백 명에게 북과 피리를 주고 토산 아래 가서 매복하라. 해 질 무렵이나 한밤중에 북과 피리를 요란하게 울리되 나가 싸울 필요는 없다."

"명을 따르겠습니다!"

조자룡은 군사를 거느리고 떠났다.

다음 날 조조 군이 싸움을 걸었지만 촉군에서 아무도 나서지 않았다. 싸움을 받아 주지 않자 조조는 하릴없이 물러났다. 밤이 깊어지자 제갈공명은 조조의 영채를 유심히 살폈다. 불빛이 하나둘 꺼지고 군사들의 움직임도 보이지 않았다. 그러자 매복한 조자룡의 군사들이 일제히 북을 치고 피리를 불어 댔다. 깜짝 놀란 조조 군은 영채가 습격당한 줄 알고 무장한 채 밖으로 뛰어나왔다. 그러나 아무 일도 일어나지 않았다.

"에잇, 우리를 속였구나."

조조의 군사들이 짜증을 내며 영채로 들어가 잠을 청했다. 그때 또다시 북과 피리 소리가 울렸다. 한밤중에 산골짜기에서 시끄러운 소리가 메아리치자 당장이라도 난리가 난 듯했다. 군사들은 또다시 일어나 밖으로 뛰어나왔다. 하지만 이번에도 적은 보이지 않았다. 밤새 이런 일이 되풀이되었다. 번번이 무장하고 나왔지만 허탕만 친 셈이다. 그것도 하루가 아니고 사흘 밤에 걸쳐 계속되었다. 조조 군은 밤마다 불안해 잠을 잘 수가 없었다. 조조는 이런 상태로는 싸울 수 없다고 판단했다. 그래서 피곤이 극에 달한 군사들을 이끌고 삼십 리 밖으로 물러나 영채를 친 뒤 충분히 쉬게 했다. 그것을 보고 제갈공명이 말했다.

"조조는 병법은 아는 듯하나 계략은 모르는군."

조조 군이 물러나자 제갈공명은 유비에게 한수를 건너가 배수진을 치라고 조언했다. 유비가 불안한 표정으로 물었다.

"배수진은 위험하지 않소?"

"그렇지 않습니다."

제갈공명은 유비에게 귀엣말로 계책을 알려 주었다.

유비가 강을 건너 영채를 세우자 병사가 조조에게 보고했다.

"촉군이 강을 건너 배수진을 쳤습니다."

조조는 부쩍 의심스러웠지만 사자를 보내 싸우자는 뜻을 전했다.

"이제 우리와 본격적으로 싸우고 싶다는 뜻이구나. 사신을 보내 결판을 내자고 해라."

조조의 서신을 받은 제갈공명도 싸우자는 답서를 보냈다.

이튿날 양군은 오계산 앞에서 진을 치고 마주했다. 조조가 먼저 나서서 유비와 대화를 나누자고 청했다. 유비가 유봉과 맹달을 비롯한 장수들을 거느리고 나섰다. 조조가 유비를 향해 말채찍을 들어 올리며 꾸짖었다.

"그대는 과거에 갈 곳이 없을 때 내가 거두어 주었거늘, 어찌하여 그 은덕을 저버렸단 말이냐? 조정을 배반하다니, 역적이 아니고 무엇이란 말이냐?"

유비도 지지 않았다.

"나는 한실의 종친으로 황제의 조서를 받들어 역적의 무리를 소탕하려 한다. 그대는 모후를 살해하고 스스로 왕이 되어 황제가 된 것처럼 권세를 휘두르니, 그대야말로 역적이 아니고 무엇이냐?"

조조는 화가 치밀어 서황에게 명령했다.

"당장 저놈의 주둥이를 막아라!"

"예!"

서황이 말을 몰고 달려 나가자 유봉이 맞서 싸웠다. 두 장수가 어우러져 힘을 겨뤘지만 유봉은 서황의 적수가 못 돼 얼마 안 가 말을 돌려 도망쳤다. 승기를 잡은 조조가 영을 내렸다.

"유비를 잡아 오는 자에게 서천을 주겠다!"

조조의 군사들이 일제히 함성을 내지르며 기세 좋게 촉군 진영으로 쳐들어왔다. 촉군은 말이며 병장기를 길바닥에 내동댕이친 채 맨몸으로 도망쳤다. 조조의 군사들은 촉군이 버리고 간 물건을 줍기에 바빴다. 싸움은 아예 뒷전인 듯싶었다.

"군사들을 후퇴시켜라!"

조조는 군사들을 독려하기는커녕 징을 쳐서 불러들였다.

장수들이 돌아와 물었다.

"강물이 막고 있어서 유비를 잡을 수 있었는데 어찌하여 돌아오라 하셨습니까?"

"두 가지가 의심스러워 그랬다. 하나는 촉군이 한수를 등지고 영채를 세우는 것에 계략이 있지 않나 싶었다. 그리고 또 하나는 귀한 마필과 병장기를 버린 것도 의심스러웠다. 적이 버린 물건을 취하지 못하게 군사들을 단속하라!"

조조의 명에 따라 적의 물건을 하나라도 줍는 자는 목을 베겠다는 군

령을 내렸다. 조조가 의심의 눈초리를 거두지 못해 말머리를 돌릴 때 유
비가 다시 군사들을 몰고 나왔다. 왼쪽에서 황충이, 오른쪽에서 조자룡
이 공격해 들어왔다. 그 서슬에 조조 군은 대오가 무너져 저마다 도망치
기 바빴다.

촉군은 밤새도록 추격전을 벌였고, 조조 군은 흩어져 남정에서 모이
기로 했다. 그러나 남정으로 통하는 다섯 갈래 길에서 시뻘건 불길이 치
솟았다. 모든 길이 막히고 조조 군은 포위되었다. 알고 보니 위연과 장
비가 엄안에게 낭중을 맡기고 군사를 둘로 나누어 쳐들어가 남정을 점
령한 것이다.

"다른 곳으로 이동하라!"

조조는 남정이 촉군의 손에 들어갔다는 것을 알고 양평관을 향해 달
렸다. 유비가 대군을 거느리고 남정의 포주까지 쫓아갔다. 유비는 변변
히 싸우지도 않고 조조가 물러났다는 사실이 믿기지 않아 제갈공명에
게 물었다.

"군사, 어찌하여 조조가 이토록 빨리 후퇴한 것이오?"

"조조는 의심이 많은 자입니다. 병사를 잘 다루지만 의심 때문에 패
배하는 일이 종종 있습니다. 이번 싸움에서는 제가 '의심'이라는 병사를
써서 이긴 것입니다, 하하하!"

"하지만 양평관으로 물러가 틀어박혔으니 우리가 대응하기가 쉽지
않소. 달리 계획이 있소이까?"

"이미 계략을 짜 놓았습니다."

"역시 군사는 빈틈이 없소이다."

유비가 고개를 끄덕였다. 제갈공명은 장비와 위연을 불러 명령을 내렸다.

"그대들은 조조 군의 군량미를 운반하는 길목을 끊으시오."

이어 황충과 조자룡에게 화공을 명했다.

"두 장군은 군사들을 나누어 두 길로 가서 산에 불을 놓으시오."

그리하여 네 명의 장수가 네 방면으로 길을 나섰다.

이때 의심 많은 조조는 양평관을 지키며 사방으로 정탐꾼을 보내 촉군의 동태를 살폈다. 한 정탐꾼이 돌아와 조조에게 아뢰었다.

"촉군이 길목을 모두 차단했습니다. 그리고 저희 군이 돌아갈 길에 불을 놓았습니다."

"군사들이 어디에 있더냐?"

"촉군은 도무지 어디 있는지 보이지 않았습니다."

그때 또 다른 보고가 들어왔다.

"왕이시여, 장비와 위연이 군량을 약탈하고 있다 합니다."

"이런……. 어서 가서 막아라. 누가 막겠느냐?"

허저가 앞으로 나섰다.

"제가 가겠습니다."

조조는 가장 믿는 장수인 허저에게 천 명의 정예 병사를 내주고 양평관으로 들여오는 군량과 마초를 호송하도록 했다. 허저가 황급히 말을 달려 보급로에 이르자 군량과 마초를 운반하는 관원이 반갑게 맞았다.

"장군께서 오셔서 이 군량과 마초가 무사히 양평관으로 갈 수 있게 되었습니다."

관원은 기쁜 마음에 술과 고기를 바쳤다. 허저는 기분 좋게 술을 연거푸 먹고 자기도 모르는 사이에 취하고 말았다. 취흥이 오르자 그는 마차에 올라 직접 수레를 몰며 어서 가자고 재촉했다.

"위왕이 기다리신다. 어서 가자!"

하지만 관원이 말렸다.

"아닙니다. 지금은 날이 어둡습니다. 산세가 험하니 내일 가시지요."

"무슨 소리냐? 난 만 명의 적도 물리칠 수 있는 용맹이 있는 장수다. 두려워할 것 없다. 달빛도 밝고 수레 끌기 좋은 날씨다. 어서 가자!"

허저가 당당하게 앞장서서 말을 몰며 군사들을 이끌었다. 그들은 깊은 밤이 되어서야 포주로 가는 길목에 들어섰다. 그때 느닷없이 피리 소리와 북소리가 천지를 진동하듯 울리고, 한 떼의 군사들이 앞을 막아섰다. 맨 앞에 선 장수는 다름 아닌 장비였다.

"이놈, 허저야! 기다리고 있었다!"

장비가 장팔사모를 비껴들고 나는 듯이 말을 달려왔다. 허저도 바람처럼 칼을 휘두르며 장비를 맞았다.

"어서 오너라. 남의 양곡이나 탐하는 도적놈아!"

당대의 내로라하는 두 장수가 맞붙었다. 하지만 술에 취한 허저는 장비의 상대가 못 되었다. 허저는 몇 합 싸우지 않아 장비의 장팔사모에 찔려 말에서 떨어졌다. 놀란 병사들이 허저를 부축해 데리고 달아났다. 장비는 군량과 수레를 빼앗아 영채로 돌아왔다.

허저가 부상당해 돌아가자 조조는 직접 촉군과 결전을 벌이러 나섰다. 이에 맞서 유비도 군사를 거느리고 나왔다. 양쪽 군사가 진을 치고 대치하자 유비가 유봉을 먼저 내보냈다. 유봉이 나서자 조조가 큰 소리로 꾸짖었다.

"짚신이나 삼던 촌놈이라 직접 나오지 않고 양자를 내보내는구나. 내아들 조창만 있었어도 네놈은 목이 달아났을 것이다."

조조의 둘째 아들 조창은 무예가 뛰어난 장수였다. 그 말을 들은 유봉이 조조를 향해 곧바로 치고 들어왔다.

"서황, 나가라!"

유봉과 서황이 맞붙어 몇 합 겨루지 않았는데 유봉이 짐짓 도망쳤다. 조조의 군사들이 기회를 놓치지 않으려 말을 휘몰아 추격했다. 그때 촉군의 영채 안에서 포성이 터지고 피리 소리와 북소리가 시끄럽게 울렸다. 그러자 또다시 조조의 의심병이 도졌다. 조조는 모든 사물의 이치에 밝은 사람이었다. 지나칠 만큼 세세한 것까지 눈에 들어올 정도였는데, 그것이 오히려 의심을 불러일으키는 원인이 되었다. 그는 의심을 한 덕분에 여러 번 죽을 고비에서 살아나기도 했다.

"복병이 있는 것 같다. 후퇴하라!"

뜬금없이 후퇴 명령을 내리자 조조 군은 혼란에 빠져 도망치다 넘어지고 다치고 짓밟혔다. 조조는 간신히 양평관으로 물러나 한숨을 돌렸다. 하지만 촉군은 기세를 몰아 성 아래까지 쫓아와 동문에 불을 놓고, 서문에서 함성 지르고, 남문에 불을 지른 뒤 북문에서 북을 쳤다. 사방이 아수라장으로 변하자 겁이 난 조조는 양평관마저 버리고 도망쳤다. 그래도 촉군은 추격을 늦추지 않았다. 도망가던 조조는 장비의 군사들과 맞닥뜨렸다. 뒤에서 조자룡이 쫓아오고 또 다른 길에서 황충이 가세했다. 조조 군은 여지없이 대패했다.

조조는 위태로운 상황에서 장수들의 호위를 받아 겨우 길을 뚫어 야곡 지방으로 들어섰다. 그때 앞쪽에서 먼지를 일으키며 한 무리의 군사들이 날쌔게 다가왔다.

'아, 저들이 적이라면 나는 죽은 목숨이구나.'

뜻밖에도 군사를 끌고 온 장수는 조조의 둘째 아들 조창이었다. 조창은 어려서부터 활쏘기와 말타기에 능한 무인이었다. 완력도 강해서 맹수를 때려잡기도 했다. 그래서 조조가 항상 훈계하곤 했다.

"아들아, 너는 어찌하여 활쏘기와 말타기만 좋아하고 책을 읽지 않느냐? 그런 것은 그저 평범한 사람이면 누구나 할 수 있으니 귀한 일이 아니니라."

그러자 조창이 당당하게 말했다.

"아버님, 대장부라면 마땅히 공을 세우고 수십만 대군을 이끌고 천하를 종횡무진으로 달려야 하지 않겠습니까? 선비가 돼서 무엇에 쓰겠습니까?"

그 말을 듣고 조조는 웃고 말았다.

건안 23년, 대군의 오환이 반란을 일으켰을 때다. 조조가 조창에게 오만 명의 군사를 주어 토벌하게 했다. 조창이 떠날 때 조조가 엄하게 훈계했다.

"집에서는 부자지간이지만 나라의 일을 맡은 뒤에는 임금과 신하가된다. 법을 시행함에 있어서 추호도 인정에 구애받지 않을 것이니 마땅히 경계해야 할 것이야."

잘못하면 죽일 수도 있다는 뜻이었다.

"죽음을 각오하겠습니다."

조창은 단번에 반란군을 평정했다. 그럴 무렵 조조가 양평관에 있다는 말을 듣고 후원하러 오다 만나게 된 것이다.

"오, 내 아들 노란 수염쟁이가 왔구나. 이제 유비 놈을 깨부술 수 있겠구나."

'노란 수염쟁이'란 조창의 수염이 다른 사람과 달리 갈색을 띠어 불렸던 애칭이다. 힘을 얻은 조조는 군사를 돌려 야곡에 영채를 세웠다. 이 사실은 곧 유비에게 알려졌다.

"조창이 왔다고 한다. 누가 나가 싸우겠는가?"

유봉과 맹달이 서로 나가 싸우겠다고 나섰다. 유비는 두 장수를 경쟁시켰다.

"둘이 함께 나가 싸워라. 누가 공을 세우나 보겠다."

두 장수는 각각 오천 명의 군사를 이끌고 달려 나갔다. 유봉이 앞장서서 조창을 맞아 싸움을 벌였다. 조조의 아들과 유비의 양자가 선대에 이어 맞붙은 것이다. 하지만 유봉은 삼 합 만에 당할 수 없다는 것을 알고 도망쳤다.

뒤이어 맹달이 나가 싸우려 할 때였다. 갑자기 조조의 진영이 어지러워졌다. 마초와 오란이 양쪽에서 공격해 조조 군을 혼란에 빠뜨린 것이다. 여기에 맹달까지 가세해 세 방면에서 조조의 영채를 공략했다. 마초의 군사들은 그동안 싸울 기회가 없어 몸이 근질근질하던 차라 마음껏 용맹을 떨쳤다. 조조 군은 그 기세를 막지 못하고 도망가기 바빴다. 그런 와중에 조창과 오란이 맞닥뜨렸다. 두 장수가 격렬하게 맞붙었나 싶었는데 몇 합 겨루지 못하고 오란이 조창의 희생물이 되었다.

혼전이 거듭되자 조조는 군사를 거두어 다시 야곡의 경계에 진을 쳤다. 며칠이 지나도록 조조는 옴짝달싹하지 않았다. 앞으로 나아가자니 마초가 버티고 있고, 아무 이득 없이 군사를 돌이키자니 촉군의 비웃음을 살 듯해 결정을 못 내리고 있었다.

그러던 어느 날 닭고기를 삶은 계탕이 식탁에 올라왔다. 조조가 먹고 나서 남은 계륵(鷄肋, 닭의 갈비)을 보고 느끼는 것이 있어 생각에 잠겨 있었다. 그때 하후돈이 들어와 물었다.

"대왕이시여, 오늘 밤의 암호는 무엇으로 할까요?"

"계륵이라고 해라."

이때 하후돈을 따라왔던 행군주부가 양수†였다. 전부터 조조에게 미움을 받던 바로 그 양수였다.

"계륵이라 하셨습니까?"

"맞다. 계륵!"

양수는 밖으로 나오자마자 군사들에게 명

양수는 앞서 조조의 여러 가지 수수께끼 같은 행동을 재빨리 해석한 사람이야. 박학하고 민첩하며 언변이 좋은 데다 머리 회전이 빨라 조조가 눈엣가시로 여겼지. 게다가 조조의 아들 조식과 친하게 지내면서 그의 편을 들어 진작에 조조의 미움을 샀어.

령했다.

"너희들은 행장을 수습해라. 곧 돌아갈 것 같다."

"알겠습니다!"

그 말을 전해 듣고 하후돈이 수상히 여겨 양수를 불렀다.

"그대는 어찌하여 군사들에게 돌아갈 준비를 시켰는가?"

"장군, 왕께서 오늘 밤 암호를 계륵이라 하지 않았습니까? 닭의 갈비는 말하자면 먹자니 먹을 게 없고 버리자니 아까운 것입니다. 지금 우리 처지가 딱 그렇지 않습니까? 나아가자니 적에게 막힐 테고, 물러서자니 웃음거리가 되겠지요. 내일이면 분명히 왕께서 군사들을 물리라 명을 내리실 겁니다. 그래서 군사들에게 미리 당황하지 말라고 준비시켰던 것입니다."

"아하, 일리 있는 말이구나. 그대는 전부터 왕의 마음을 꿰뚫어 보지 않았나. 나도 명령을 내리겠다."

하후돈 역시 부하들에게 돌아갈 채비를 하라고 일렀다.

그날 밤 조조는 쉽게 잠이 오지 않아 영채를 점검하며 군사들을 돌아보았다. 하후돈의 영채를 돌아보는데 다른 영채와 달리 군사들이 행장을 수습하며 돌아갈 채비를 하는 것이 아닌가. 조조가 부리나케 장막으로 가 하후돈에게 물었다.

"그대는 어찌하여 군사들에게 돌아갈 채비를 하라고 명했는가?"

"행군주부인 양수가 왕께서 돌아가시려는 마음을 갖고 있다고 알려 주었습니다."

"무엇이? 양수를 데려와라!"

양수가 불려 오자 조조가 물었다.

"너는 어찌하여 없는 말을 지어내어 동요하게 했단 말이냐?"

"아닙니다. 왕께서 계륵을 군호로 삼는 걸 보고 실익 없는 싸움을 멈추시리라는 걸 알았습니다. 그래서 군사들에게 준비시킨 것입니다."

조조는 속마음을 들킨 것 같아 뜨끔했다. 하지만 그대로 놔둘 수는 없었다.

"군심을 어지럽히는 것이 얼마나 큰 죄인지 아느냐? 당장 이놈의 목을 베라!"†

변명의 여지가 없었다. 양수는 자신이 너무 앞서갔다는 걸 깨달았지만 이미 때는 늦었다. 조조는 양수의 목을 베어 원문 밖에 내걸어 경계를 삼도록 했다. 오래전부터 미운 털이 박힌 양수는 계륵이라고 한 조조의 마음을 읽음으로써 죽음을 맞고 말았다. 이때 양수의 나이 서른넷이었다. 사람들은 양수가 조조의 머리 꼭대기에 올라가 있었기 때문에 죽었다고 했다. 명문가의 자손으로 총명하고 글도 잘 쓰고 재주가 남달랐지만 그 재주가 지나쳐 죽게 되었다는 것이다.

양수를 죽인 조조는 노발대발하며 하후돈의

여기서 잠깐!!

양수를 벤 조조의 행동은 이중적이야. 자신의 아들인 노랑수염에게는 책을 읽으라고 권하며 지혜를 쌓으라 했으면서 신하인 양수의 지혜는 용납하지 못한 거야. 사람은 이렇게 겉 다르고 속 다른 법이야. 이런 것을 흔히 이율배반이라고 해. 길이가 다른 두 개의 자를 가지고 다니며 자신이 원하는 자를 사용한다는 뜻이지.

목까지 베려 했다.

"그대는 한낱 부하의 말을 듣고 내 명을 가볍게 여겼단 말이냐?"

그러자 관원들이 나서서 말렸다.

"적을 앞에 두고 장수를 베시면 군사들의 사기가 떨어집니다."

조조는 못 이기는 체하며 하후돈을 꾸짖어 물러가게 한 뒤 명령을 내렸다.

"내일 진군한다!"

다음 날 조조 군이 야곡의 경계로 나아가자 한 떼의 군사들이 나서서 맞았다. 앞장선 장수는 위연이었다. 조조가 나서서 소리쳤다.

"위연, 너는 항복하는 것이 신상에 좋을 것이다!"

"으하하하, 간신 주제에 나에게 항복을 권하는 것이냐? 네놈이나 네 죄를 알고 항복해라."

조조가 화를 내며 방덕에게 명했다.

"나가서 저자의 목을 베라!"

방덕과 위연이 한창 어우러져 불꽃을 튀길 때 조조의 영채에서 불길이 치솟았다.

"웬 불이냐?"

"대왕이시여, 마초가 영채를 습격해 탈취했습니다."

조조가 칼을 뽑아 들고 외쳤다.

"전진하라! 물러서는 자는 목을 베겠다!"

조조의 기세에 장수들이 힘을 합해 전진했다. 위연이 패해 도망가는 척 달아나자 조조가 군사를 돌려 마초와 싸우도록 독려했다. 그리고 나서 언덕에 올라가 양군이 싸우는 광경을 살피는데 어느새 위연이 다시 나타났다. 위연이 조조의 코앞까지 다가와 소리쳤다.

"조조, 네 이놈!"

위연이 눈 깜짝할 사이에 조조를 향해 활시위를 당겼다. 조조는 미처 피하지 못하고 화살에 맞아 말 아래로 떨어졌다. 이때다 싶어 위연이 조조의 목을 노리고 칼을 뽑아 들자 한 장수가 급히 막아섰다. 방덕이었다. 방덕은 위연을 물리치고 조조를 호위해 부리나케 도망쳤다. 마초의 군사는 이미 물러가고 없었다.

상처를 입은 조조는 장수들의 호위를 받아 영채로 돌아왔다. 위연의 화살이 정확하게 인중에 맞아 앞니 두 개가 부러졌다. 좀 더 가까이에서 맞았다면 화살이 더 깊이 박혀 치명상을 입을 뻔했다. 의원에게 치료를 받으며 조조는 비로소 양수의 생각이 옳았다는 것을 알았다. 이익 없이 싸우다 자신도 죽을 뻔했기 때문이다.

"아, 양수가 옳았도다. 양수의 시체를 거둬 후하게 장사 지내 주어라."

이윽고 조조는 퇴군 명령을 내렸다. 방덕에게 후군이 되어 추격하는 적을 막으라 이른 뒤 자신은 수레에 누워 호위를 받으며 실려 갔다.

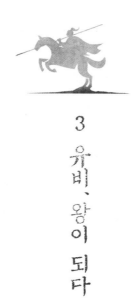

3
유비, 왕이 되다

조조는 후퇴해 야곡에 머물렀다. 그때 제갈공명은 조조의 행동을 훤히 읽고 있어서 조만간 한중을 버리고 달아나리라 짐작했다. 그래서 마초와 그 밖의 장수들을 열 갈래로 나누어 공격하도록 명했다. 조조는 부상까지 당한 터라 전쟁에 집중할 수가 없었다. 조조 군의 사기는 땅에 떨어져 후퇴하는 것만이 유일한 전략이었다. 마초가 이끄는 복병의 습격까지 받은 조조 군은 있는 힘을 다해 탈출해 허도로 도망갔다.

유비는 장수들에게 명해 남은 고을들을 점령했다. 한중을 버리고 급히 달아날 때 미처 따라가지 못해 항복한 조조의 군사들은 모두 받아들였다. 이로써 유비는 한중 땅을 온전히 차지했다.

"만세! 만세!"

유비가 백성들을 안심시키고 군사들에게 큰 상을 내렸다. 사람들은 조조를 상대로 비로소 제대로 된 승리를 거둔 유비를 칭찬했다. 상황이 이쯤 되자 장수들은 유비를 황제의 자리에 올리고 싶은 마음이었다. 그렇지만 유비는 한나라 황실에 저항하는 역적을 토벌한다고 나선 터였다. 감히 어느 누구도 황제 자리에 오르라고 청하지 못하고 제갈공명에게 의견을 전했다.

"이제 때가 되었습니다."

"천하 삼분지계를 완성해야 합니다."

"보위에 오르시도록 간청하십시오."

제갈공명 또한 생각한 것이 있어 유비가 신임하는 법정을 데리고 들어가 유비를 설득했다.

"주공, 지금은 조조가 천하를 뒤흔들어 백성들이 마음 둘 곳이 없습니다. 이럴 때 주공께서는 이미 어진 성정을 널리 펼치셨고 정의로움을 천하에 떨치셨습니다. 게다가 서천과 동천, 양천을 손안에 넣으셨습니다. 그러니 민심에 따라 하루빨리 길일을 택해 제위에 오르시는 것이 어떻겠습니까?"

유비는 펄쩍 뛰었다.

"내가 한실의 종친이라 하나 단지 신하일 뿐이오. 그런 짓을 저지른다면 반역자 조조와 다를 바 없소."

제갈공명은 설득을 이어 나갔다.

"아닙니다. 주공, 지금 천하를 보십시오. 각지의 영웅들이 제각기 한 지방씩 차지하고 패권을 다투고 있습니다. 천하의 선비들이 목숨을 돌보지 않고 주인을 찾아 섬기는 것은 참 주인을 만나 세상을 바로잡고 공을 세워 이름을 널리 알리려 하기 때문입니다. 이런 때에 주공께서 사양만 하시고 의리만 주장하신다면 세상 사람들이 실망할 것입니다. 깊이 생각하십시오."

"그런 참담한 짓은 결코 하지 않을 것이오. 부디 다른 방책을 상의하시오."

법정도 거들었다.

"이럴 때 황제에 오르시지 않으면 장수들이 흩어질 것입니다."

유비가 미동도 않자 제갈공명이 절충안을 내놓았다. 그는 탁월한 협상가이기도 했다.

"주공께서 정 그렇게 의리를 중요하게 여기시며 황제 칭호가 마땅치 않다 하시면 형주와 양양, 양천 땅을 거두셨으니 한중의 왕이 되시는 건 어떻습니까?"

"왕도 당치 않소. 설령 왕이 되고자 한다 해도 황제의 조서를 받을 수 없을 것 아니오?"

"현실에 맞추셔야 합니다. 황제가 이미 조조의 손아귀에 들어가 힘을 못 쓰지 않습니까? 게다가 지금은 평소의 이치와 신념만 따를 수 없는 난세입니다."

장비까지도 곁에서 직언을 했다.

"형님, 성씨도 다른 같잖은 놈들이 임금이 되겠다고 나서는 판국인데 형님은 한실의 종친 아닙니까? 한중왕은 물론 황제도 될 수 있는 분이 왜 이러슈?"

"쓸데없는 소리 하지 마라!"

유비가 장비를 꾸짖었다.

"주공께서 일단 한중왕이 되신 후 황제에게 표문을 올리는 것이 좋을 듯합니다."

유비는 여러 차례 사양했다. 그러나 장수와 신하들이 뜻을 굽히지 않자 어쩔 수 없이 왕에 오르기로 승락했다. 건안 24년(219) 7월이었다.

"그대들의 청이 그러하니 뜻대로 하시오."

유비는 실상 그럴 준비가 되어 있었다. 덕을 가진 인물로 오랜 기간 명망을 쌓아 온 그였다. 덕으로써 사람을 복종시켰기에 모두 마음속으로 기꺼이 그를 따랐다. 힘으로 사람을 복종시키는 것은 마음으로 복종하는 것이 아니어서 진정한 복종이 아니다. 이것이 유비와 조조의 차이점이었다.

단을 쌓고 면류관과 옥새를 만들어 유비가 왕위에 올랐다. 그가 비로소 남쪽을 향해 앉자 문무관원들이 예를 올렸다. 한중왕이 된 유비는 아들 유선을 왕세자로 삼았다. 이어 제갈량을 군사로 삼고, 관우, 장비, 조운, 마초, 황충을 오호장군으로 명해 나라를 지키도록 했다. 나머지 사람들에게는 공적에 따라 관직을 내렸다.

왕위에 오른 유비는 허도의 황제에게 표문을 올렸다. 표문의 내용은 동탁부터 시작된 나라의 혼란상을 자세히 언급한 뒤 조조를 없애지 못해 자나 깨나 탄식하다 마침내 왕에 올랐음을 설득력 있게 표현했다.

신이 엎드려 생각하니, 나라의 은혜를 입고 한 지역의 책임을 맡았지만 성과를 내지 못해 큰 죄를 지었습니다. 그런 제가 또다시 높은 자리에 올랐으니 몸 둘 바를 모르겠습니다.

하오나 밑에 있는 사람들이 의리를 내세워 간청하니 신이 물러나 생각해 보았습니다. 역적을 제거하지 못하고 국난을 바로잡지 못한 채 종묘가 위태하고 사직이 흔들리는 것은 신에게 지극한 골칫덩어리입니다. 황실을 편안하게만 할 수 있다면 물불을 가리지 않아야겠다는 마음에서 인수를 받고 나라의 위엄을 높이려 하옵니다.

하지만 왕이라는 작호를 생각하면 지위는 높고 은총은 두터우며, 폐하의 큰 은혜에 보답할 일을 생각하면 책임이 막중해 벼랑 끝에 선 것 같습니다.

힘을 다해 황제의 군사들을 지휘하도록 하겠습니다. 의로운 사람들을 모아 뜻에 응하고 시국에 따라 사직을 편안케 하겠습니다. 이런 마음가짐으로 결의를 다지며 삼가 표문을 바칩니다.

말하자면 시국이 어려워 어쩔 수 없이 왕이 되었지만 충성심은 변함없다는 내용이었다.

유비의 표문을 읽은 조조는 노발대발했다.

"시골에서 돗자리나 짜고 짚신이나 삼던 녀석이 왕이 되겠다고? 이럴 수는 없는 일이다. 내 맹세코 유비를 쳐서 없앨 것이야. 당장 군사들을 불러 모아라!"

그때 조조를 말리는 사람이 있었다.

"대왕이시여, 전쟁이란 자고로 감정으로 치르는 것이 아닙니다. 노여움 때문에 군사를 일으키는 것은 무모합니다."

감히 직언을 서슴지 않은 이는 사마의였다. 자가 중달인 그는 숨은 실력자였다. 조조도 그의 야망과 능력을 간파하고 있었다.

"그대에게 뾰족한 계책이라도 있는가?"

"저의 계책대로라면 화살 한 대 쏘지 않고 유비가 스스로 화를 입도록 만들 수 있습니다. 촉의 병사들이 쇠약해질 때까지 기다리시면 장수 하나만 보내도 그 땅을 차지하실 수 있습니다."

"무슨 계책인가?"

"손권이 누이를 유비에게 시집보냈다가 다시 데려오지 않았습니까? 게다가 유비는 아직도 형주를 돌려주지 않아 둘 사이가 매끄럽지 않습니다."

"그건 그렇지."

"세 치 혀를 잘 놀리는 신하에게 서신을 주어 손권이 군사를 일으키게 만드십시오. 손권이 형주를 치면 유비가 반드시 양천의 군사를 일으켜 도와주러 갈 것입니다. 그때 대왕께서 촉을 공격하시면 유비는 머리와 꼬리가 서로 도울 수 없어 위태로운 지경에 빠질 것입니다."

"거참, 좋은 생각이다."

조조는 좋은 계책을 들으면 머뭇거리는 법이 없었다. 곧장 동오의 손권에게 서신을 보냈다. 서신을 들고 간 사자는 만총이었다.

"위왕이 사신을 보냈습니다."

만총이 도착하자 손권은 대책 회의를 열었다.

장소가 나섰다.

사마의

드디어 사마의가 조조의 군사로
서 능력을 발휘하기 시작했어.
그는 조조가 승상으로 있을 때
벼슬을 시작해 주부(主簿)가 되
었어. 건안 20년(215), 조조가 한
중(漢中)을 평정할 때 큰 도움을
주었지. 이때부터 사마의는 제갈
공명과 숙명적인 라이벌이 되어
지략을 펼치게 돼.

"돌이켜 보면 저희가 위와 싸울 일은 없었습니다. 제갈량이 중간에서 세 치 혀를 놀리는 바람에 원수가 되었을 뿐입니다. 지금 만총이 온 것은 강화하자는 의견일 테니 예를 갖추어 대접하는 것이 좋겠습니다."

장소의 의견에 따라 손권은 만총을 극진히 대접했다. 만총은 조조의 편지를 전하며 말했다.

"위나라와 오나라는 애초에 원수지간이 아니었습니다. 유비가 끼어들어 이렇게 된 것은 잘 아시리라 믿습니다. 위왕께서 제게 내린 하명은 장군께서 형주를 공격하면 위왕께서 한천으로 진군해 유비를 치겠다는 전략입니다. 점령한 땅은 반씩 나누어 차지하고 앞으로 서로 침략하지 말자는 약조를 맺자는 뜻을 전하고자 합니다."

예상대로 조조의 편지는 만총이 말한 내용을 담고 있었다. 편지를 읽고 난 손권이 말했다.

"그대의 고견은 잘 들었소. 논의가 필요하니 물러가 계시오."

만총이 물러가자 손권은 다시 대책 회의를 열었다.

고옹이 말했다.

"조조의 계책이 뛰어납니다. 만총을 돌려보내면서 협공하겠다고 약조하시고 강 건너 관우의 동태를 탐지하는 것이 급선무입니다."

이때 제갈근이 다른 계책을 냈다.

"관우는 형주에 와서 아내를 얻어 자녀를 두었다고 합니다. 일남일녀를 두었는데, 제가 가서 그 딸을 주공의 세자비로 들이지 않겠냐고 청해 보겠습니다. 만일 관우가 우리의 뜻을 받아들인다면 상의해 조조를 치도록 하겠습니다. 하지만 제안을 거절하면 조조를 도와 형주를 치는 것이 낫습니다."

놀라운 계략이었다. 관우에게 어느 편에 설 건지 선택하도록 유인하는 작전이었다. 손해 볼 것이 없었다. 손권은 제갈근의 계책을 받아들여 만총을 돌려보낸 뒤 제갈근을 형주로 급파했다.

제갈근은 곧바로 형주성으로 들어가 관우를 만났다. 관우는 제갈공명의 형인 제갈근을 정중하게 예우했다.

"무슨 일로 이 형주에 오셨습니까?"

"두 집안의 우호를 맺기 위해 왔소이다."

"두 집안의 우호라뇨?"

"우리 주공인 오후께 아드님이 한 분 계시오. 매우 총명한 분이지요. 장군께 따님이 있다는 말씀을 듣고 혼인을 청하면 어떨까 하여 찾아왔습니다. 두 집안이 인연을 맺게 되면 함께 힘을 합쳐 조조를 칠 수 있을 것입니다. 깊이 생각해 보시지요."

관우는 발끈했다. 유비에게 시집왔던 여동생을 빼돌린 주제에 자신의 딸을 시집오라고 하니 어처구니가 없었다. 속이 부글부글 끓어오른 관우가 참지 못하고 버럭 소리를 질렀다.

"어찌 개의 자식에게 호랑이의 딸을 시집보낸단 말이오?"†

"그, 그게 무슨 말씀이시오?"

제갈근은 예상치 못한 관우의 반응에 기겁했다.

"그대의 아우 제갈 군사를 봐서 살려 두는 줄 아시오. 여러 말 필요 없소. 여봐라, 손님 가신다!"

"이보시오, 관 장군! 내 얘기를 끝까지 들어 보시오."

"더 이상 들을 얘기 없소이다."

관우의 서슬에 제갈근은 도망치듯 동오로 돌아왔다. 관우는 혼사 제안이 손권의 의도에 의한 흉계라고 생각했다.

제갈근이 관우의 반응을 전하자 손권은 화가 치밀었다.

"무엇이? 우리 아이를 개의 자식이라고?"

손권은 부들부들 떨며 형주를 칠 방도를 상의했다. 그때 손권의 책사 보즐이 냉철한 판단을 하고 말을 꺼냈다.

"주공, 조조가 오래전부터 황제가 되고 싶었지만 그렇게 하지 못한 것은 유비 때문이었습니다. 이번에도 사람을 보내 이렇게 일을 꾸미는 것은 촉을 차지하고 모든 잘못은 우리에게 떠넘기려는 수작입니다. 만일 촉이 망한다면 우리가 한나라 황실을 이으려는 유비를 제거한 꼴이 되지 않겠습니까? 우리도 반역자가 됩니다."

"하지만 형주를 차지하는 것이 우리 목적 아니오?"

"지금 조인이 양양과 번성에 주둔하고 있습니다. 그곳은 강이 험하지 않아 육로로 바로 형

여기서 잠깐!!

관우가 이때 혼사를 맺었다면 어떻게 되었을까? 나중에 관우가 죽게 되는 건 동오에 의해서야. 그렇게 본다면 이때 사돈을 맺었다면 촉과 오의 관계가 더욱 돈독해졌을 거야. 그로 인해 삼국의 관계는 전혀 다른 국면으로 전개되었을 것이 분명해. 역사의 흐름은 작은 선택들에 의해 물줄기가 바뀌지. 실제 역사에서 이렇게 개와 호랑이에 비유하며 관우가 손권을 모욕했을 리는 없어. 다 소설적 재미를 위해 만든 설정이라고 보면 돼.

주를 칠 수 있습니다. 우리보다 형주를 치기에 훨씬 유리한 위치에 있는데도 주공에게 군사를 일으키라 했습니다. 조조의 속셈이 빤히 들여다보이지 않습니까? 그러니 주공께서 허도로 사람을 보내 조조에게 조인을 시켜 육로로 형주를 공격하라 권유하십시오. 그러면 관우가 형주를 지키려 번성을 칠 것입니다. 관우가 움직여 형주가 빈다면 우리는 장수 한 사람만 보내도 쉽사리 형주를 되찾을 수 있습니다."

"으허허, 그거 좋은 생각이오. 왜 우리가 조조 말을 듣는단 말인가. 조조가 우리를 위해 군사를 움직이게 만들면 될 것을."

손권은 곧장 허도로 사자를 보내 서신을 전하고 동오의 입장을 전하도록 했다. 이를 들은 조조는 크게 기뻐했다. 협공이 성사되었기 때문이다. 그리고 만총을 조인의 참모관으로 임명해 군사를 일으킬 방안을 논의하도록 했다. 또한 동오에 서신을 보내 수로를 이용해 형주를 공격해 조인의 군사와 협조하도록 당부했다.

한중왕 유비는 위연에게 군마를 총지휘해 동천을 지키는 임무를 맡기고 문무백관을 거느리고 성도로 돌아왔다. 이어 궁성과 관사를 짓는 등 어지러웠던 나라를 정비하는 한편 군량미와 마초를 저장하고 병장기를 만들어 본격적으로 중원을 공략할 준비를 했다.

그때 동오의 손권이 조조와 손잡고 형주를 노린다는 소식이 전해졌다. 유비가 근심스레 제갈공명에게 물었다.

"형주를 빼앗으려 조조와 손권이 힘을 합친다 하오. 이를 어찌하면 좋소?"

제갈공명이 차분하게 말했다.

"알고 있습니다. 조조의 간사한 꾀 때문에 이렇게 된 것입니다만 동오가 어리석게 당하지는 않을 것입니다."

"오후가 어찌 나올 것 같소?"

"조조에게 조인을 움직여 군사를 일으키도록 만들 것입니다."

"그럼 우리는 대응할 만한 수가 있소?"

"공격이 최선의 방어입니다. 관운장에게 사람을 보내 번성을 취하라 이르십시오. 적을 두렵게 만들면 자연히 일이 해결될 것입니다."

유비는 지체하지 않고 전부사마 비시를 형주로 보냈다. 비시는 한중왕의 고명(관리를 임명하는 칙명)을 받들어 형주로 달려갔다. 성도의 사신이 온다는 말에 관우는 성 밖까지 마중을 나갔다. 공청에서 사신을 맞아 예를 올린 관우가 물었다.

"한중왕께서 내게 벼슬을 내리셨소?"

"오호대장의 우두머리로 삼으셨습니다."

"오호대장이 누구누구요?"

"관 장군과 장비, 조자룡, 마초, 황충입니다."

비시의 말을 들은 관우가 버럭 화를 냈다. 나이가 들면서 노여움이 많아진 관우였다. 늙었다는 증거였다.

"뭐요? 장비는 내 아우니 그렇다 치고, 마초는 명문 집안이니 자격이 있소. 조자룡은 오랫동안 형님을 따랐고, 내게는 동생과 다름없는 사람이오. 그들은 나와 똑같은 지위에 있어도 용서할 수 있소. 하지만 황충 같은 늙은이가 대체 무슨 일을 했다고 나와 같은 반열에 오른단 말이오? 대장부가 그런 노졸과 함께할 수 없소이다."

인수를 내미는데 안 받으려 하자 비시가 말했다.

"장군, 그건 잘못 생각하시는 겁니다. 옛이야기를 하나 하겠습니다. 소하와 조참은 한고조와 함께 큰일을 이룬 가장 친한 친구였습니다. 그러나 한신은 어땠습니까? 초나라에서 도망쳐 온 장수 아닙니까? 그런데도 한신은 나중에 공을 세워 왕이 되었습니다. 소하와 조참이 그 밑에 들어갔지요. 그런데도 두 사람은 한신이 왕이 된 것을 원망한 적이 없었습니다."

비시가 고사를 들먹이며 논리적으로 관우를 설득했다. 학식이 있는 관우는 슬그머니 화가 가라앉았다.

"끙!"

관우가 못마땅해 돌아앉자 비시가 못을 박았다.

"지금 왕께서 장군을 비록 오호대장에 봉했다고 하지만 장군과는 어떤 관계입니까? 같은 날 죽기로 약속한 한 몸 아닙니까? 그렇다면 장군이 곧 왕이고 한중왕이 곧 장군입니다."

"……."

"어찌 그렇게 섭섭한 생각을 하십니까? 장군은 한중왕의 은혜를 입고 있으니 좋은 일 나쁜 일, 모든 일을 함께 나누실 것 아닙니까? 그런데 어째서 관직의 높낮이를 따지십니까? 생각해 보십시오."

관우는 얼굴이 붉어졌다. 너무나 부끄러웠다. 그간 멀리 떨어져 있어서 자신이 소외되지 않았나 싶었던 억울한 마음이 내재되어 있었다. 크게 깨달은 관우가 일어나 비시†에게 두 번 절을 했다.

"나는 참으로 어리석은 자요. 그대의 가르침 덕분에 깨달았소이다. 자칫 크게 일을 그르칠 뻔했소."

관우가 엎드려 인수를 받았다. 이어 비시가 한중왕 유비의 뜻을 전했고, 관우는 곧장 군사를 일으킬 준비를 했다. 부사인과 미방을 선봉으로 삼아 형주성 밖에 주둔시키고 나서 비시를 대접했다.

그런데 호사다마(好事多魔, 좋은 일에는 흔히 방해되는 일이 많음)라던가. 밤중에 성 밖 영채에서 화재가 일어났다.

"장군, 영채에 불이 났습니다."

관우는 직접 갑옷을 입고 성 밖으로 나갔다. 화재는 부사인과 미방이 술을 마시다 실수로 낸 불이 화포에 옮겨 붙은 것이다. 화약이 터지면서 영채가 온통 불길에 휩싸였다. 관우가 군사들을 통솔해 새벽이 되어서야 간신히 불길을 잡았다.

관우가 부사인과 미방을 불러 질책했다.

"너희들은 싸움터에 나가기도 전에 무기와 군량을 태우고 사람들을 죽게 만들었다. 대사를 그르치는 자들을 살려 둘 수 있겠느냐? 당

이 문제를 멋지게 해결한 비시는 원래 유장 밑에서 면죽 현령을 지내다 유비에게 항복한 사람이야. 공명정대하기로 이름이 높지. 훗날 유비가 황제가 되자 상소를 올려 반대하다 좌천되기도 해. 하지만 제갈공명이 능력을 인정해 군사업무를 맡으면서 두텁게 신임을 얻은 사람이야.

장 끌어다 목을 베라!"

그러자 비시가 말렸다.

"장군, 싸움을 하기도 전에 장수의 목을 베는 것은 이롭지 않습니다."

관우가 노기를 참으며 애써 목소리를 낮추어 말했다.

"내가 비 사마의 얼굴을 보아 너희들을 살려 준다. 그렇지 않았으면 당장 목이 떨어졌을 것이야. 여봐라, 이자들을 곤장으로 다스려라!"

관우는 무사를 불러 두 사람을 곤장 사십 대씩 때리게 한 뒤 선봉장의 인수를 거두었다. 그러고 나서 벌로 미방은 남군성을, 부사인은 공안을 지키게 했다. 사실 관우 정도의 지휘관이면 옛말대로 죄는 가능한 한 가볍게, 공은 가능한 한 크게 여겨야 했다. 그런데도 이번에는 지나치게 처벌하여 훗날 화를 부르게 된다.

관우가 엄하게 꾸짖었다.

"내가 이기고 돌아올 때까지 너희들이 사소한 잘못이라도 저지르면 두 가지 죄를 한꺼번에 물을 것이다."

부사인과 미방은 고개를 숙이고 물러났다.

관우는 새로 요화를 선봉장으로 삼고 관평을 부장으로 삼은 뒤 스스로 중군을 이끌고 출정 길에 올랐다. 출정하는 날 제사를 지내고 원수의 깃발을 세워 놓은 뒤 장막 안에서 깜빡 졸다가 악몽을 꾸었다. 큰 멧돼지가 들어와 관우의 발을 덥석 문 것이다. 깜짝 놀라 칼로 멧돼지를 벤 다음 눈을 떠 보니 꿈이었다. 꿈인데도 발이 아플 지경이었다. 부하들에게 묻자 어떤 이는 길몽이라 하고, 어떤 이는 흉몽이라 했다. 그때 촉에서 보낸 사신이 도착해 교지를 전했다.

"관우를 전장군에 봉하니, 형양의 아홉 고을을 다스리도록 하라."

관우가 왕명을 받들자 모든 관원들이 축하했다.

"멧돼지가 발을 문 것은 상서로운 꿈이었습니다."

"으허허, 그렇구나!"

관우는 의구심을 떨치고 군사를 일으켜 양양을 향해 나아갔다. 그 소식은 곧바로 조인에게 전달되었다.

"관우가 군사를 거느리고 쳐들어온답니다."

보고를 받은 조인은 나가 싸우지 않고 지키려 했다. 그러자 부장인 적원이 나섰다.

"위왕께서 동오와 합세해 형주를 치라 명하시지 않았습니까? 관우가 스스로 무덤을 파는데 왜 싸움을 피하고 성을 지킨다는 것입니까?"

참모인 만총이 나섰다.

"관우는 천하가 다 아는 용자인 데다 지략도 뛰어납니다. 절대 가볍게 맞설 수 없습니다. 지키는 게 상책입니다."

날랜 장수인 하후존이 말했다.

"그런 건 쓰잘머리 없는 선비들이나 하는 짓이오. 물이 흐르면 흙으로 막고, 적이 쳐들어오면 군사를 내보내 막는 것이 법도요. 우리는 편히 앉아 기다리는데 적은 예까지 오느라 피곤하지 않겠소. 이럴 때 싸우면 저절로 이기는 법이오."

조인은 하후존의 말을 따랐다. 만총에게 번성을 지키라 이른 뒤 직접 관우를 맞아 싸우러 나갔다.

조조 군이 나오자 관우는 관평과 요화, 두 장수에게 대책을 일러 주고 내보냈다. 이윽고 관평과 요화가 조조 군과 마주쳤다. 첫 싸움은 요화가 나섰고, 조조 진영에서는 적원이 나왔다. 둘이 싸운 지 얼마 안 되어 요화가 말머리를 돌려 도망치자 적원이 쫓아와 관우의 군사들이 이십 리쯤 후퇴했다. 다음 날도 똑같이 이십 리쯤 달아났다. 기세를 올린 하후존과 적원이 한꺼번에 나와 군사들을 추격했다. 그때 갑자기 북소리와 피리 소리가 진동했다.

"뒤에 관우 군의 복병이 있다!"

배후에서 싸움이 나자 조조 군은 재빨리 뒤로 물러섰다. 하지만 관평과 요화가 치고 나가자 순식간에 대오가 무너져 혼란에 빠졌다. 조인은 그제야 적의 계략에 빠진 것을 알았다.

"안 되겠다. 양양으로 후퇴하라!"

하지만 하후존은 밀리는 기세를 뒤집으려 무모하게 관우를 향해 달려들었다.

"네놈이 소문이 자자한 관우냐? 내 칼 맛 좀 봐라!"

하후존이 칼을 빼들고 말을 달렸다.

"네 이놈!"

관우의 일갈 소리와 함께 하후존은 단 일 합 만에 말에서 떨어졌다. 적원 또한 도망치다 관평의 칼에 목이 달아났다. 관평이 승세를 몰아 군사를 휘몰아치자 장수를 잃은 조조 군 태반이 양강에 빠져 죽었다. 조인은 번성으로 후퇴해 꼼짝하지 않았다.

가볍게 양양을 점령한 관우는 군사들에게 상을 내리고 백성들을 위무했다. 그러나 마냥 기뻐하고 있을 수만은 없었다. 수군사마인 왕보가 살펴야 할 것들을 일러 주었다.

"지금의 승리는 훌륭하오나 조조가 동오와 손을 잡고 있습니다. 여몽이 육구에 주둔하면서 호시탐탐 형주를 노리고 있으니, 만일 그들이 군사를 일으킨다면 위험합니다."

"나 역시 그걸 걱정하고 있었소. 그대가 강기슭에 이십 리나 삼십 리마다 봉화대를 세워 군사들에게 지키게 하시오. 동오군이 강을 건너오면 밤에는 불을 밝히고 낮에는 연기를 피워 소식을 보내시오. 내가 가서 적을 무찌르겠소."

왕보는 미방과 부사인에 대한 염려도 전했다.

"미방과 부사인이 길목을 지키는 데 최선을 다하지 않을 수 있습니다. 믿을 만한 사람을 보내 형주를 돌보도록 하십시오."

"내 그럴 줄 알고 반준을 보냈소. 걱정하지 않아도 되오."

"반준은 시기심이 많고 이익을 탐하는 자입니다. 조루를 보내십시오. 그는 청렴하니 실수가 없을 것입니다."

예부터 공평하면 밝은 지혜가 생기고, 청렴하면 위엄이 생긴다는 말이 있다. 청렴한 자라야 신뢰를 얻고 일을 그르치지 않기 때문에 생긴 말이다. 관우도 그 사실을 잘 알고 있었다. 하지만 그를 보낼 수는 없었다.

"나도 반준이 어떤 자인지 잘 알고 있소. 하지만 임무를 바꿀 것까지는 없소. 조루가 지금 중요한 일을 하고 있지 않소. 군량과 마초를 맡아보는 일도 중요하니 그를 보내긴 어렵소. 그대는 가서 봉화대를 잘 쌓도록 하시오."

관우는 자신이 모든 것을 잘 꿰고 있다고 오만하게 생각했다. 그것이

불행의 근원이었다. 왕보는 마음이 놓이지 않았지만 명령을 받고 그 자리를 떠났다.

이때 조인은 하후존과 적원을 잃고 번성으로 도망가 움직이지 않았다. 조인이 만총에게 말했다.

"그대 말을 안 들어 큰 손실을 입었소. 앞으로 어찌하면 좋겠소?"

"관우는 호랑이 같은 장수입니다. 선불리 싸우지 마시고 지키십시오."

그때 관우가 양강을 건너 번성으로 쳐들어온다는 소식이 들어왔다. 조인이 깜짝 놀랐지만 만총은 여전히 지키라고 말했다. 군사들이 두려움에 떨자 여상이 나서서 말했다.

"저에게 수천 명만 주시면 당장 적을 막겠습니다."

"절대 나가지 마시오."

만총이 말리자 여상이 화를 냈다.

"아니, 문관들은 적이 코앞에 닥쳐도 지키라고만 하니 그래서야 어떻게 적을 물리치겠소? 병법에도 적군이 강을 반쯤 건넜을 때 공격하라 했소이다. 이제 관우의 군사들이 강을 반쯤 건넜을 테니 지금 쳐야 한단 말이오. 적군이 성 밑까지 다가오면 막으려 해도 방법이 없소."

"그대의 말도 일리가 있다."

여상이 강력하게 주장하자 조인이 이천 명의 군사를 내주며 적과 맞서 싸우라고 명했다. 여상이 군사를 끌고 나가자 관우가 말을 타고 나왔다.

"저놈이 관우로다. 내가 없애 버리겠다!"

여상은 관우와 대적하려 했지만 군사들이 관우의 위엄 있는 용모와 그에 더해진 신화 같은 무용담 때문에 몸이 얼어붙어 도무지 발을 뗄 생각을 하지 않았다. 그저 기가 죽어 여차하면 뒤돌아 도망칠 궁리를 하기에 바빴다.

"네 이놈들, 도망치는 자는 목을 베겠다!"

여상이 꾸짖어도 군사들은 말을 듣지 않았다. 그 틈을 타서 관우가 달려와 군사들을 헤집으며 유린했다. 그 서슬에 조조 군은 대항도 못 하고 패잔병이 되어 번성으로 도망쳤다. 조인은 급히 조조에게 사람을 보내 구원병을 요청했다.

번성이 위태롭다는 소식을 전해 들은 조조가 말했다.

"누가 조인을 구할 것인가?"

우금이 나섰다.

"제가 가서 구하겠습니다."

"오, 그대라면 가능하겠군."

"대왕이시여, 장수 하나만 더 데려가게 해주십시오."

"누굴 데려가려는 것인가?"

그때 방덕이 나섰다.

"제가 가겠습니다."

"오, 방덕! 그대라면 관우의 임자가 될 수 있도다. 관우가 천하에 위엄을 떨치며 아직 적수를 제대로 못 만났는데 이제야말로 그대를 만나겠구나."

위왕 조조는 우금을 정남장군으로 삼고 방덕을 선봉으로 삼아 출정하게 했다. 군사들을 이끄는 장수는 동형과 동초였다. 출정이 정해지자 동형이 휘하 장령들을 거느리고 우금에게 말했다.

"장군, 우리가 번성에 가는 것은 반드시 이기기 위함입니다. 그런데 방덕 같은 자를 선봉으로 삼다니, 어찌 이런 일이 있을 수 있습니까?"

우금이 눈을 크게 부라렸다. 큰 싸움을 앞두고 내부 분열은 있을 수 없는 일이었다.

"무슨 말을 하는 건가?"

"방덕은 원래 마초의 부하 아니었습니까? 어쩔 수 없이 우리에게 투항했는데 그의 주인이었던 마초는 촉에서 오호장군이 되어 있습니다. 게다가 그의 친형인 방유도 서천에서 벼슬을 살고 있습니다. 그런 사를 선봉으로 삼으면 불을 끄려는데 기름을 끼얹은 꼴이 될 수 있습니다. 어찌하여 다른 장수를 보내지 않는 것입니까?"

"생각 좀 해봐야겠다."

우금이 조조에게 장수들의 의견을 전하자, 조조도 틀린 말이 아니라는 생각이 들어 방덕을 불러들였다.

"인수를 반납하라!"

방덕은 화들짝 놀랐다. 바야흐로 공을 세우러 나가려는데 직위를 반납하라니?

"대왕, 비로소 대왕께 입은 은혜를 갚고자 출정하려는데 왜 저를 쓰지 않으십니까?"

"나는 원래 그런 것에 개의치 않는 사람이지만 마초가 서천에 있고 네 형이 서천에서 유비 편을 들고 있지 않으냐? 사람들이 의심이 많아 어쩔 수 없구나."

그 말을 듣자 방덕은 머리에 썼던 관을 벗은 뒤 머리를 바닥에 짓찧었다. 이마에 선혈이 낭자한 채 방덕이 간청했다.

"대왕, 제가 대왕께 투항한 이래 큰 은혜를 입었습니다. 그런데 이제 와서 어찌하여 이 방덕을 의심하십니까? 고향에서 형님과 살 때 형수가 어질지 못하다 여기던 터에 제가 술을 먹고 실수로 죽이는 사고가 있었습니다. 그 바람에 형님과 저는 원수가 되었고, 형제간의 정리가 끊긴 지 오래입니다. 또한 마초는 용기만 있고 무모한 자였습니다. 싸움에 패해 서천으로 달아난 뒤 섬기는 주인도 다르고 의리도 끊어졌습니다. 저는 대왕의 은혜를 갚기 위해 죽기 살기로 보답하려 했더니 어찌 다른 뜻을 품는단 말입니까? 살펴 주옵소서!"

방덕의 말에 진정성을 느낀 조조는 그를 부축해 일으키며 위로했다.

"내가 그대의 충성심을 모르는 바 아니다. 다른 사람을 안심시키려고 한 말이니 노력해 공을 세워라. 그대가 나를 버리지 않는다면 나 역시 그대를 버리지 않는다."

"분골쇄신†해서 은혜를 갚겠습니다."

방덕은 감격해 절을 올린 뒤 집으로 돌아와 하인들에게 명령했다.

분골쇄신(粉骨碎身)이라는 말은 뼈를 빻고 몸을 부순다는 뜻이야. 자기 몸을 돌보지 않고 지극한 정성으로 있는 힘을 다해 충성한다는 말이지.

"당장 관을 하나 짜 오너라!"

목수가 관을 짜 오자 방덕은 친구들을 초대했다. 마당 한가운데 관이 놓이자 친구들이 깜짝 놀랐다.

"아니, 싸우러 나가는 마당에 왜 이런 불길한 물건을 꺼내는가?"

방덕은 비장한 얼굴로 말했다.

"친구들, 술잔을 들게! 나는 위왕에게 은혜를 갚겠다고 죽음으로 맹세했네. 내가 만일 번성에 가서 관우와 싸워 진다면 이 관에 들어갈 것이네. 하지만 내가 관우를 꺾는다면 그자를 여기에 담아 오겠네. 결코 헛되이 돌아오지는 않을 것이네."

"아, 결의가 대단하네."

친구들은 방덕의 용맹함과 충성심에 감탄했다. 방덕은 아내 이씨와 아들 방회에게도 자신의 뜻을 전했다.

"나는 선봉장이 되어 떠나면 싸움터에서 죽어야 한다. 부인, 내가 죽더라도 아이를 잘 길러 주시오. 아이가 남다르니 나중에 아비의 원수를 갚아 줄 것이오."

"장군, 으흐흐흑!"

모자가 엎드려 통곡했다. 방덕이 관을 가지고 출발하면서 부하 장수들에게 말했다.

"내가 관우와 싸우다 죽으면 너희들은 나를 이 관에 넣어라. 내가 관우를 죽이면 나 또한 그 목을 이 관에 넣어 왕에게 바칠 것이다."

부하 장수 오백 명이 방덕의 결의를 보고 감동했다.

"장군께서 이토록 충성스러우시니 저희가 어찌 힘을 다하지 않겠습니까? 저희는 무조건 장군과 함께하겠습니다.”

이야기를 전해 들은 조조는 무척 기뻐했다. 방덕의 충성심과 용기에 감격한 것이다. 옆에 있던 가후가 말했다.

“대왕이시여, 방덕은 혈기와 용맹만 있을 뿐입니다. 관우와 죽기 살기로 결판을 벌이겠다고 하니 오히려 그것이 너무 강해 부러질까 두렵습니다.”

“그 말도 일리가 있다. 사람은 유연함도 가지고 있어야 하거늘.”

조조는 고개를 끄덕이다 곧장 사람을 보내 방덕에게 경계의 말을 전했다.

“관우는 지혜와 용맹을 고루 갖춘 장수이니 절대 가볍게 대적하지 말고, 싸울 수 있을 때나 싸우고 싸울 수 없으면 신중하게 처신하라는 왕의 분부십니다.”

사자의 말은 오히려 방덕의 심기를 건드렸다. 조조가 관우를 높게 평가한다는 의미였기 때문이다. 자존심이 상한 방덕은 호언장담했다.

“관우는 삼십 년 동안 임자를 못 만난 운 좋은 늙은이다. 내가 이번에 그 명성을 단번에 꺾어 버릴 것이다.”

우금이 옆에서 한마디 했다.

“방 장군, 위왕의 말씀에 따르시오.”

이윽고 선봉에 나선 방덕은 번성으로 나아갔다. 군사들은 무기를 휘두르고 징을 치며 위세를 드높였다. 그 소식이 관우에게 전해졌다.

“장군, 조조가 정예병을 보냈습니다. 선봉인 방덕은 관을 끌고 와서 불손하게도 장군의 목을 넣어 가겠다고 했답니다.”

자존심 세기로는 관우를 따를 자가 없었다. 그 말을 듣고 분기탱천하여 외쳤다.

"천하의 영웅들이 내 이름만 듣고도 두려워 벌벌 떠는데, 방덕 따위어린놈이 감히 내게 도전을 해? 가만둘 수 없다."

관우는 관평에게 명령을 내렸다.

"네가 번성을 공격하라! 내가 가서 건방진 방덕이란 놈의 목을 베어오겠다."

"아버님, 태산 같으신 분이 어찌하여 돌멩이 같은 자와 싸우려 하십니까? 제가 나가 싸우겠습니다."

"그럼 시험 삼아 네가 맞서 보아라. 내가 곧 따라가마."

마침내 방덕과 관평이 맞붙었다. 방덕의 뒤에 오백 명의 군사가 바짝 붙어 왔고, 보졸 몇 명이 목관을 어깨에 메고 따라왔다. 관평이 먼저 나서서 욕설을 퍼부었다.

"주인을 배반한 천하의 버러지 같은 놈아!"

방덕 휘하의 장령들이 방덕에게 관평에 대해 말했다.

"저자가 관우의 양아들입니다."

그 말을 들은 방덕이 웃으며 외쳤다.

"아하하, 나는 위왕의 명에 따라 네 아비의 목을 끊으러 왔다. 너 같은 애송이는 건드리지 않을 테니 어서 아비를 오라 해라."

화가 난 관평이 방덕에게 달려들었다. 방덕도 기다렸다는 듯 달려 나갔다. 두 장수가 삼십여 합을 격렬하게 싸웠지만 승부가 나지 않았다. 결국 양군에서 징을 쳐 장수들을 불러들이고 휴식을 취했다.

소식을 들은 관우는 요화에게 번성을 치도록 맡겨 두고 직접 나섰다. 관우가 칼을 비껴들고 나와 호통쳤다.

"관운장이 여기 왔다. 방덕은 왜 목숨을 바치지 않는 게냐?"

방덕이 씩씩거리며 달려 나왔다.

"나는 위왕의 명을 받아 너를 치러 왔다. 죽음이 두렵거든 말에서 내려 항복하라. 관에 실려 가는 것보다 나을 것이다."

"너 같은 어린아이를 베자니 청룡도가 아깝도다."

관우가 춤추듯이 말을 타고 청룡도를 휘두르며 달려 나왔다. 방덕도 지지 않고 달려 나갔다. 두 장수의 싸움은 용과 호랑이, 말 그대로 용호상박이었다. 백 합을 넘도록 싸워도 승부가 나지 않았다. 양쪽 군사들은 두 장수의 싸움을 넋을 놓고 바라보았다. 그러다 위군 진영에서 방덕이 실수할까 두려워 징을 울렸고, 불안했던 관평도 징을 쳐서 관우를 후퇴시켰다.

방덕은 영채에 돌아와 땀을 닦으며 말했다.

"관우를 왜 영웅이라 하는지 알겠다."

그때 우금이 와서 방덕에게 물었다.

"그대가 관우와 백 합을 싸우고도 승부를 내지 못했다고 하는데 군사를 물려 피하는 게 어떻겠는가?"

"위왕께서 장군을 대장으로 삼으시지 않았습니까? 어찌 그리 약한 말씀을 하십니까? 내일은 반드시 관우의 목을 베겠소이다."

진지로 돌아온 관우 역시 관평에게 말했다.

"방덕이란 자가 대단하구나. 내 적수가 될 만하다."

관평이 불안감을 떨치지 못해 말했다.

"아버님, 하룻강아지 범 무서운 줄 모른다 했습니다. 다행히 저자의 목을 친다 해도 고작 서쪽 오랑캐에 불과하지 않습니까? 만일 아버님께서 실수라도 하셔서 큰아버님의 당부를 어기게 될까 걱정입니다."

"걱정 마라. 내가 방덕을 베지 않고서는 분을 풀 수 없다. 내일 또 싸울 것이다."

다음 날 양군이 둥글게 진을 펼쳐 세운 뒤 또다시 두 장수가 말 한마디 없이 달려 나와 싸움을 시작했다. 오십여 합을 싸웠을 때 갑자기 방덕이 말머리를 돌려 도망쳤다. 관우가 바짝 추격하자 지켜보던 관평이 걱정되어 따라나섰다. 관우가 큰 소리로 외쳤다.

"방덕, 이놈아! 네가 도망치는 척하면서 칼을 휘두르려나 본데 내가 두려워할 것 같으냐?"

관우의 말은 들은 척도 않고 방덕이 갑자기 칼을 말안장에 걸더니 재빨리 몸을 돌려 활을 쏘았다. 관평이 먼저 보고 외쳤다.

"아버님, 화살입니다!"

관우가 얼른 몸을 비틀었지만 화살을 미처 피하지 못해 몸의 왼쪽 어깨에 박혔다. 뒤따르던 관평이 달려와 관우를 구해 돌아가는데 방덕이 쫓아왔다. 부상당한 관우를 벨 절호의 기회였다.

"관우, 게 섰거라!"

방덕이 말에 박차를 가할 때 느닷없이 위군 진영에서 우금이 징을 쳤다. 돌아오라는 신호였다. 방덕은 진지가 습격을 당했나 싶어 말을 돌려 본영으로 돌아왔다.

그러나 사실 우금은 방덕이 공을 세울까 시기해 징을 쳤다. 방덕이 관우의 목을 벤다면 모든 공이 그의 것으로 돌아가기 때문이다.

"무슨 일이오? 급습이 있었습니까?"

땀투성이가 된 방덕이 말에서 내리며 물었다.

"아니오. 위왕께서 말씀하시지 않았소? 관우는 지혜롭고 용맹스러우니 분명 무슨 꾀가 있을 것이오. 다른 속임수를 쓸까 두려워 군사를 거두라 했소."

방덕이 발을 구르며 안타까워했다.

"아, 이런! 군사만 돌리지 않았어도 관우의 목을 베었을 것이오."

"화살에 맞아 부상을 당했으니 너무 서두르지 않아도 되오. 천천히 합시다."

방덕은 우금이 잔꾀를 부린다고는 생각지도 않고 기회를 놓친 것만 안타까워했다.

진지로 돌아온 관우는 화살촉을 뽑고 어깨 상처를 치료했다. 관우는 이미 독기를 품었다.

"비겁하게 활을 쏘다니……. 내 그놈의 비겁함을 응징하고야 말리라."

하지만 장수들이 모두 말렸다.

"장군, 며칠 만이라도 쉬십시오. 그 후에 싸워도 늦지 않습니다."

다음 날 기세등등한 방덕이 나와 싸움을 걸었다. 하지만 장수들이 권하는 바람에 관우 군에서는 아무도 나서지 않았다. 방덕은 열흘 가까이 쉬지 않고 싸움을 걸었다. 그런데도 관우의 영채에서는 장수가 나서지 않았다.

방덕은 우금과 의논했다.

"관우가 내 화살에 큰 상처를 입은 것이 틀림없소. 이 틈에 쳐들어가지 않으면 번성의 포위를 풀 수 없소이다."

우금은 여전히 방덕이 공을 세울까 봐 소극적으로 대응했다.

"생각을 좀 해봐야겠소."

우금이 주저하자 방덕은 마음대로 군사를 움직이려 했다. 우금은 결국 번성 북쪽 산기슭에 영채를 세운 뒤 큰길을 끊어 놓고 방덕에게는 골짜기에 주둔하라고 명령했다. 방덕이 제멋대로 진군하지 못하게 막은 것이다.

그러는 사이에 관우의 어깨 상처가 나았다. 그때 우금이 칠군을 번성 북쪽으로 옮겨 영채를 세웠다는 소식이 들려왔다. 관우는 아무리 생각해도 그들의 계략을 알 수가 없었다.

"높은 곳에 올라가 지형지물과 적진을 살펴봐야겠다."

관우가 높은 곳에 올라 번성을 내려다보니 깃발은 질서가 없었고, 군사들의 움직임은 어지러웠다. 그런데 성 북쪽 십 리쯤 떨어진 산골짜기에 군마들이 보였다. 한편 양강의 물살은 거세고 수량이 풍부했다. 관우는 동네 지리를 잘 아는 군사를 불러 물었다.

"번성 북쪽 십여 리 뒤에 있는 골짜기 이름이 무엇이냐?"

"증구천이라 합니다."

"증구천? 으하하하!"

"왜 그러십니까?"

"우금은 내 손에 잡힌 것이나 다름없다."

"어찌하여 그리 생각하십니까?"

"고기가 증구에 들어갔으니 우금은 살아날 수가 없다."

고기라는 '어(魚)' 자는 우금의 '우(于)' 자와 중국어 음이 같았다. '증구(罾口)'라는 것은 '그물의 아가리'라는 뜻이었다. 이름을 가지고 해석을 한 것이다. 하지만 장수들은 관우의 말을 곧이곧대로 믿지는 않았다.

팔월 가을철인데 때아닌 가을장마가 시작되었다. 며칠 동안 끊이지 않고 소나기가 쏟아졌다.

"뗏목과 배를 준비해라. 수전을 준비하는 것이 좋겠다."

관평이 관우에게 물었다.

"아버님, 육지에서 싸우는데 어찌하여 배가 필요합니까?"

"적이 구축한 진지를 잘 살펴보아라. 저들은 좁고 험한 증구천 옆에 모여 있다. 비가 계속 쏟아지면 양강의 물이 범람할 것이다. 그럴 때를 대비해 내 이미 제방 여기저기에 물구멍을 막아 두었으니, 물이 최대한 차고 넘칠 때 제방을 무너뜨릴 것이다. 그러면 번성과 증구천의 군사들은 물고기 밥이 되겠지."

관평은 그제야 깨닫고 탄복했다. 옛말에 하늘의 뜻을 얻는 것은 땅의 이로움을 얻느니만 못하다고 했다. 관우는 바로 그런 땅의 이치를 잘 알고 있었다.

이때 조조의 군사들도 비가 그치지 않자 걱정이 되었다. 성하가 우금을 찾아와 말했다.

"장군, 비가 줄기차게 쏟아지고 있습니다. 이곳은 지대가 낮아 위험합니다. 촉군은 영채를 높은 곳으로 옮긴다고 합니다. 게다가 한수 어귀에 배와 뗏목까지 준비한다고 하니 강물이 불어날 때를 대비하는 것입니다. 강물이 범람하면 위태롭습니다. 계책을 세우십시오."

하지만 우금은 오히려 성하를 꾸짖었다.

"네 이놈, 두 번 다시 그따위 허황된 소리를 하면 목을 베겠다."

우금 앞에서 면박을 당한 성하는 방덕을 찾아갔다. 그가 우금에게 했던 얘기를 전하자 방덕이 고개를 끄덕였다.

"나도 그대 말에 동감하오. 우 장군이 대군을 움직이려 하지 않으니 어쩔 수 없지. 나 혼자라도 군사들을 옮기겠소."

그렇게 두 사람은 때가 늦은 감이 있었지만 상의하여 살 계책을 정했다. 그런데 그날 밤, 비바람이 거세게 몰아치는 틈을 타서 관우가 작전을 개시했다.

"둑을 무너뜨려라!"

관우의 명에 따라 천군만마가 내닫는 듯한 우레 소리와 함께 북소리, 징소리가 나며 둑이 터졌다. 사방팔방에서 큰물이 집어삼킬 듯 밀려오자 칠군은 기겁하고 도망쳤다. 그 와중에 피하지 못하고 물살에 떠내려간 군사가 부지기수였다. 우금과 방덕은 몇몇 장수들과 함께 구릉에 올라 물난리를 피했다.

날이 밝았을 때 우금이 사방을 살펴보자 온통 촉의 장수들이 배와 뗏목을 타고 함성을 지르며 몰려오는 것이 아닌가. 사방을 둘러봐도 아군이라고는 오륙십 명밖에 되지 않았다.

"항복하겠소! 항복하겠소!"

우금은 제 입으로 항복하겠다고 말하고 관우의 포로가 되었다. 우금을 사로잡은 관우는 방덕을 사로잡으려 뱃머리를 돌렸다. 방덕은 동형, 동초, 성하 등의 장수들을 거느리고 오백 명의 보병과 함께 제방 위에 서 있었다. 관우가 다가오자 방덕은 두려운 기색도 없이 싸울 태세를 갖추었다. 관우의 군사들은 배로 사면을 포위했다.

"독 안에 든 쥐들에게 활을 쏘아라!"

배 위에서 빗발치듯 활을 쏘자 방덕의 군사들은 태반이 화살에 맞아 죽어 나갔다. 동형과 동초가 허둥거리다 방덕에게 항복을 권했다.

"장군, 항복하는 것이 낫겠습니다. 군사들이 모두 죽어 나잖소. 살길이 없소이다."

"나는 위왕의 은혜를 입은 자요. 살겠다고 어찌 절개를 굽혀 항복하겠는가?"

방덕은 동형과 동초를 단칼에 베어 버렸다. 자신에게 선봉이 맡겨졌을 때 딴마음을 품었던 원한도 한데 섞인 단죄였다.

"누구든 항복을 입에 올리는 자는 이들처럼 될 것이다!"

방덕의 서슬 퍼런 소리에 남은 군사들은 죽을 각오로 적과 맞서기로 다짐했다. 새벽부터 한낮이 될 때까지 양군이 공방을 벌였다. 방덕의 군사들은 점점 사기가 올라갔다. 관우의 군사들이 화살과 돌을 쏘아 대자 방덕은 군사들에게 칼이나 방패 같은 짧은 무기로 적에게 가까이 다가가 싸우도록 독려했다. 그러면서 성하를 돌아보고 말했다.

"용맹한 장수는 목숨을 구걸하지 않는다. 오늘은 바로 내가 죽을 날이다. 그대도 힘써 싸우라!"

성하는 명령에 따라 나가 싸우다 관우의 화살에 맞아 물속으로 떨어졌다. 이를 보고 남은 군사들이 모두 항복했는데 방덕만 끝까지 저항했다. 관우의 군사들이 작은 배를 타고 방덕이 있는 제방 가까이 다가가자, 방덕이 몸을 날려 배에 올랐다. 단번에 병사 십여 명을 베자 나머지 병사들은 물로 뛰어들어 도망쳤다.

방덕이 한 손에 칼을 들고 한 손으로 배를 저어 번성으로 도망치려 할 때 한 장수가 뗏목을 타고 내려와 방덕의 배를 뒤집어 버렸다. 바로 주창이었다. 방덕이 물에 빠지자 주창은 물속으로 뛰어들어 방덕을 배로 끌어올렸다. 주창은 원래 물에 익숙할뿐더러 형주에서 몇 해 수련하며 힘을 길러 손쉽게 방덕을 사로잡았다.

우금과 방덕이 지휘하던 조조 군은 거의 물에 빠져 죽고 물에 떠 있던 자들은 모두 항복했다. 관우의 압승이었다. 관우가 높은 언덕에 친 장막에 들어가 앉자 군사들이 우금을 끌고 왔다. 우금은 살려 달라고 애걸복걸했다.

"관 장군, 살려주시오. 옛정을 생각해서라도 말이오."

"너는 어찌하여 내가 항복하라 할 때 하지 않았느냐?"

"저는 명령에 따랐을 뿐입니다. 불쌍히 여겨 주십시오. 목숨 바쳐 보답하겠소이다."

조조에게 충성을 맹세한 우금이 죽음 앞에서 목숨을 구걸하는 꼴을 보자 관우는 그만 웃음이 나왔다.

"이자를 죽이는 것은 개돼지를 죽이는 것만도 못하다. 칼만 더럽힐 뿐이니 이자를 묶어 형주로 보내라. 돌아가서 따로 처리하겠다."

군사들이 우금을 끌고 나간 뒤 방덕이 끌려왔다. 방덕은 눈썹을 치켜

뜨고 무릎도 꿇지 않았다.

"네 형은 한중에 있다. 그리고 옛 주인 마초 역시 촉의 장수로 활약하는데 너는 왜 일찍이 항복하지 않았느냐? 항복했더라면 예우해 맞았을 것 아니냐?"

"차라리 칼에 맞아 죽더라도 너에게 항복하지는 않겠다. 어서 목을 쳐라!"

방덕은 관우에게 욕설을 퍼부으며 모욕했다.

"안타깝지만 너는 살기를 거부하는구나."

관우는 마침내 방덕의 목을 베라고 명했다. 방덕은 도부수들의 칼을 받아 불귀의 객이 되었다. 관우는 그의 죽음을 가엾이 여겨 후하게 장사 지내 주라고 일렀다.

대승을 거두었지만 관우는 아직 할 일이 남아 있었다. 관우는 군사들을 거느리고 빠지지 않은 물길을 타고 번성으로 향했다. 번성은 이미 성벽이 무너지기 시작했다. 남녀노소를 모두 동원해 성벽을 보수했지만 거센 물살을 당할 수가 없었다. 조조 군의 장수들이 낙담해 조인에게 말했다.

"장군, 도저히 사람이 헤쳐 나갈 방법이 없습니다. 적이 오기 전에 도망치시지요. 몸을 지켜야 성을 되찾을 것 아닙니까?"

조인이 배를 준비하려 하자 만총이 말렸다.

"성을 버려서는 안 됩니다. 이곳은 산골입니다. 물이 들어왔다 하지만 열흘이면 빠질 것입니다. 관우가 지금 쉽게 쳐들어오지 못하는 것은 우리 군사가 뒤를 습격할까 두려워서입니다. 지금 성을 버리시면 황하 남쪽이 모조리 적의 손에 들어갑니다. 번성을 지키십시오."

그 말을 듣고 조인은 문득 깨달았다.

"오, 고맙소. 그대가 아니었다면 나라 일을 망칠 뻔했소이다."

조인은 말을 타고 장수들 앞에서 맹세했다.

"나는 위왕의 명을 받아 성을 지킬 것이다. 성을 버리자고 하는 자는 목을 베겠다. 나 역시 이 성에 뼈를 묻겠노라!"

장수들도 한결같이 뜻을 따르겠다고 하자 조인은 기뻐하며 궁노수 오백 명을 배치해 철통같이 지키라고 명령했다. 그리고 백성들을 동원해 성벽을 수리했다. 흙과 돌을 날라 쌓고, 무너지면 다시 쌓는 일을 반복했다.

마침내 열흘이 되지 않아 물이 빠지기 시작했다. 이때 관우는 우금을 생포하고 방덕의 목을 베어 그 명성이 하늘을 찔렀다. 관우는 둘째 아들 관흥에게 장수들의 공적을 기록한 서류를 내주며 말했다.

"성도로 가서 이 서류를 한중왕께 올리고 관직을 올려 주십사 청하도록 하라."

관흥이 절을 하고 떠나자, 관우는 군사를 둘로 나누어 절반은 겹하로 보내고 나머지 군사를 거느리고 번성을 둘러쌌다. 북문에 도착한 관우가 성루를 향해 외쳤다.

"어찌하여 속히 항복하지 않느냐? 언제까지 버티겠다는 것이냐?"

관우가 갑옷을 입지 않고 군포만 걸친 것을 발견한 조인이 명령했다.

"활을 쏘아라!"

숨어 있던 오백 명의 궁노수가 일제히 활을 쏘았다. 관우가 말머리를 돌려 피하려 했으나 화살 한 대가 오른팔에 꽂혔다. 관우는 중심을 잃고 말에서 떨어졌다. 그 모습을 보고 조인이 부리나케 군사를 이끌고 성에서 달려 나왔다. 하지만 관평이 재빨리 나와 맞상대하는 바람에 다시 쫓겨 들어갔다.

"아버님!"

관평은 관우를 구해 영채로 돌아왔다. 화살을 뽑고 상처를 살펴보니 이번 화살은 이전에 맞았던 방덕의 화살과 달랐다. 궁노수들이 화살촉에 치명적인 독을 발라 놓은 것이다. 그사이 독이 뼛속까지 스며들었다. 관우가 팔을 못 쓰게 되자 관평이 장수들을 불러 상의했다.

"장군께서 부상을 당하셨으니 어찌하면 좋겠소? 차라리 형주로 회군합시다."

"그게 좋을 듯합니다."

회군하기로 의견을 모은 관평이 장수들과 함께 관우를 설득했다.

"아버님께서 부상을 당하셔서 적을 대하면 화가 치밀 것입니다. 그러면 싸우기가 어렵거니와 건강에도 해롭습니다. 일단 형주로 돌아가셔서 몸을 돌보시는 게 좋겠습니다."

그러자 관우가 버럭 화를 냈다.

"무슨 소리를 하는 게냐? 번성이 바로 코앞에 있지 않으냐? 번성을 점령한 다음 곧장 허도로 쳐들어가 역적 조조를 섬멸하는 일이 급선무이니라. 그래야 한나라 황실이 평안할 터인데 이까짓 상처 때문에 대사를 망칠 수는 없다. 너희들이 군사들의 사기를 꺾겠다는 것이냐?"

장수들은 입도 벙긋 못 하고 물러났다. 하지만 관우의 상처는 나을 기미가 보이지 않았다. 진물이 흐르고 염증이 커져만 갔다. 내색하지 않았을 뿐이지, 이대로 두면 관우는 목숨을 보전하기 힘들었다.

부하 장수들은 각처에 수소문해 명의를 찾았다. 관우의 상처를 본 의원들은 하나같이 고개를 저으며 돌아섰다.

"이미 치료할 단계가 지났습니다."

"이건 어느 의원이 와도 고칠 수 없소이다."

치료하겠다고 달려들었다가 살리지는 못하고 도리어 일이 잘못되면 치도곤을 당할 게 뻔했기에 의원들은 몸을 사렸다.

그때 강동에서 배를 타고 온 의원이 있었다. 군졸이 관평에게 의원을 데려왔다. 그는 소매 넓은 옷에 갓을 쓰고 팔에는 푸른 자루를 걸치고 있었다.

"어쩐 일로 군영을 찾아오셨소?"

"저는 패나라 초군 사람입니다. 성은 화요, 이름은 타[†]입니다. 천하의 영웅이신 관 장군께서 독화살을 맞았다는 소식을 듣고 찾아왔소이다. 특별히 제가 치료해 드리고 싶습니다."

화타라는 말을 들은 관평은 눈이 번쩍 뜨였다.

"혹시 동오의 주태를 치료했다는 그 명의이십니까?"

"맞습니다."

"오, 이렇게 와 주셔서 감사드립니다!"

관평이 기뻐하며 장수들과 함께 장중으로 들어가 관우를 만나게 했다. 관우는 팔의 통증이 극심했지만 군사들의 마음이 흔들릴까 봐 마량과 함께 바둑을 두며 여유로운 모습을 보였다. 화타가 들어오자 관우가 인사를 나누고 차를 대접했다.

"그대가 화타라는 의원이오?"

"그렇습니다. 상처를 보여주시지요."

상처를 보고 나서 화타가 진단했다.

"화살촉에 바른 독이 뼛속까지 스몄을 것입니다. 얼른 치료하지 않으면 팔을 쓸 수 없습니다."

"그러면 당장 치료하시오."

"알겠습니다. 치료하려면 먼저 준비가 필요합니다."

"무슨 준비요?"

"기둥에 큰 고리를 박아 주십시오. 그 고리에 팔뚝을 끼운 뒤 굵은 밧줄로 군후를 꽁꽁 묶고 얼굴을 가려야 합니다."

"왜 나를 묶는다는 겐가?"

"고통이 너무 심합니다. 움직이면 큰일이지요. 제가 그러한 조치를 먼저 취한 뒤 칼로 살을 째고 뼈의 독을 긁어내겠습니다. 그러고 나서 약을 바르고 실로 꿰매야 상처가 낫습니다. 일이 이러하니 군후께서 두려워하실까 걱정입니다."

"으하하하, 그렇게 쉬운 일에 기둥과 고리

화타는 정사에 따르면 벼슬길에 오를 기회가 있었지만 응하지 않았다고 해. 원래 선비여서 자신이 의원으로 여겨지는 것을 달가워하지 않은 것으로 나오지. 정사에는 관우를 치료한 것보다 조조를 치료해야 하는데 병을 핑계로 나오지 않아 미움을 산 것으로 기록되어 있어. 화타는 제자도 두었고, 오금희(五禽戲)라는 체조를 가르쳤으며, 옻나무 잎과 청점(靑黏)을 이용한 칠엽청점산(漆葉靑黏散)을 만들어 후학들에게 전수한 것으로 알려져 있어.

같은 것을 쓸 필요는 없소. 술상이나 봐 오너라."

술상이 들어와 몇 잔을 들이킨 관우가 팔을 내밀었다.

"여기 있소. 마음대로 치료하시오. 내 어찌 세인들처럼 아파하고 두려워하겠소."

관우는 마량과 다시 바둑을 두었다. 화타는 뾰족한 칼을 들고 큰 항아리를 팔 밑에 대도록 했다. 팔에 칼을 대자 피가 줄줄 흘렀다. 화타가 다시 칼을 고쳐 잡고 살을 째자 뼈가 드러났다. 뼈는 이미 푸른 독이 퍼져 있었다. 칼로 뼈를 긁어내자 장막 안에 있던 장령들이 차마 못 보고 고개를 돌렸다.

"하하, 어서 다음 수를 둬라."

관우는 술을 마시고 웃으며 태연하게 마량과 바둑을 두었다. 얼굴에 고통의 기운은 전혀 느껴지지 않았다. 피가 항아리에 잔뜩 고일 때쯤 화타는 약을 바르고 바늘로 살을 꿰맸다. 화타가 이마를 닦으며 말했다.

"다 끝났습니다."

"수고하셨소!"

팔을 움직여 본 관우는 밝은 얼굴이 되었다.

"팔 움직이는 것이 훨씬 좋아졌소. 선생은 참으로 신의가 맞소이다."

관우 말에 감동한 사람은 화타였다.

"아닙니다. 제가 평생 의원 생활을 했지만 이런 일은 처음 겪습니다. 군후께서는 참으로 신과 같은 분이십니다."

후세 사람들은 이 사건을 놓고 신과 같은 의원인 화타가 신과 같은 장수를 만나 멋진 치료를 했다고 두고두고 얘기했다.

관우는 상처가 낫자 잔치를 베풀어 화타를 대접하고 사례했다. 화타가 주의 사항을 일러 주었다.

"상처는 나았지만 몸을 아끼십시오. 절대 화를 내시면 안 됩니다. 이런 상처는 백 일이 지나야 회복되는 것입니다."

"잘 알았소."

관우가 황금 백 냥을 주어 화타의 수고에 사례하려 했지만 화타는 거절했다.

"저는 군후의 높은 의기를 듣고 감동해 마음먹고 와서 치료한 것입니다. 애초에 보수를 받으려 하지 않았습니다."

화타는 사양하고 약봉지만 내주고 돌아갔다.

"이것을 상처에 바르시면 됩니다."

그리하여 관우는 화타에 의해 다시 살아났다.

4
관우의 죽음

　관우의 명성과 위엄은 온 천하에 자자했다. 우금을 사로잡고 방덕의
목을 베었다는 소문이 널리 퍼진 것이다. 세상 사람들은 관우를 신처럼
떠받들었다.

　"관우는 말 그대로 신출귀몰한다잖아!"

　"역시 대단한 영웅일세."

　그런 소문은 허도에도 전해졌다. 조조가 깜짝 놀라 관원들을 모아 상
의를 하는데 두려움이 그대로 드러났다.

　"나는 관운장이 얼마나 용맹한 자인지 이미 알고 있다. 그런데다 형

주와 양양을 손에 넣은 지금 호랑이가 날개를 얻고 용이 승천하는 격이 되었다. 반대로 우리 군사들은 사기가 떨어질 대로 떨어졌다. 관우가 곧바로 군사를 이끌고 허도로 쳐들어온다면 우리는 당해 낼 재간이 없다. 그래서 말인데, 도읍을 옮기는 것이 어떠한가? 관우가 턱밑까지 쫓아왔으니 하는 말이다."

조조는 평생에 가장 큰 위기를 맞았다고 여겼다. 그러자 사마의가 나서서 냉철하게 말했다.

"대왕, 그건 안 됩니다. 우금이 사로잡혔다고 하지만 싸움에서 진 것이 아니라 물에 갇혀 포로가 되었을 뿐입니다."

"그대에게 다른 대책이 있단 말인가?"

"손권과 유비의 사이가 좋지 않은 것을 이용해야 합니다. 관우가 큰 성과를 얻었지만 그건 손권에게 몹시 불쾌한 일입니다. 사신을 보내 손권을 설득하십시오. 관우를 뒤에서 치도록 하고 대가로 강남의 땅을 주겠다고 하면 번성의 위기를 풀 수 있습니다."

다른 신하들도 사마의의 말을 거들었다.

"맞습니다. 백성들이 동요하지 않도록 해야 합니다. 천도는 위험천만한 일입니다."

"동오로 사신을 보내십시오. 그 계책만이 살길입니다."

조조는 고개를 끄덕이며 천도를 없던 일로 하기로 했다. 그러면서 한탄해 마지않았다.

"아, 우금이야말로 내가 믿는 장수였는데 방덕만도 못했단 말인가? 그럼 관우를 누가 막을 것인가?"

그러자 장수 하나가 나섰다.

"제가 가겠습니다."

서황이었다. 오른팔이나 다름없는 장수가 나서자 조조는 기뻐하며 오만 명의 병사를 내주었다. 조조는 서황을 대장, 여건을 부장으로 삼아 군사를 일으켰다. 서황은 양릉파에 주둔했다가 동남쪽의 정세를 보아 군사를 몰고 내려가기로 했다.

동시에 조조는 동오에도 손을 내밀었다. 사자를 통해 손권에게 서신을 보낸 것이다. 손권은 문무관원들을 모아 대책을 논의했다.

나랏일을 맡아보는 장소가 말했다.

"관우의 위세가 지금 천지에 진동하고 있습니다. 조조가 도읍을 옮길 생각을 했을 만큼 두려움의 대상이 되고 있지요. 조조의 제안은 훌륭하지만 우리가 도와준 뒤 조조가 약속을 지킨다는 보장이 없기 때문에 염려가 됩니다."

손권이 뭐라 말을 하기 전에 여몽이 들어왔다. 여몽은 손권에게 급하게 아뢰었다.

"주공, 관우가 지금 번성을 포위하고 있습니다. 형주가 비었으니 이 틈에 형주를 쳐야 합니다."

그러자 손권이 은근히 속내를 드러냈다.

"나는 북쪽의 서주를 얻고 싶은데 어떻게 생각하는가?"

"그것도 좋은 생각이십니다. 하북에 있는 조조가 동쪽을 돌보지 못하니 서주를 지키는 군사가 많지 않습니다. 서주를 치면 쉽게 얻을 수 있을 겁니다. 하지만 그곳은 지세가 육전에 이롭고 수전에 불리한 데다 여기서 너무 멀어 우리가 얻는다 해도 지키기가 힘듭니다. 서주는 형주를 먼저 쳐서 장강을 손에 넣은 뒤 계책을 세워 천천히 공략하는 것이 좋을 듯합니다."

여몽의 말은 논리정연했다. 손권이 웃으며 말했다.

"나도 형주를 취하고 싶소. 서주를 취하자고 한 것은 그대의 의견이 어떤지 알고 싶어 해본 말이오. 어서 계책을 세워 진격하면 나도 군사를 끌고 따라가겠소."

여몽은 손권의 허락을 얻은 뒤 육구로 돌아왔다. 이때 정탐꾼들이 관우의 대책을 보고했다.

"관우가 형주를 비울 것을 대비해 이삼십 리마다 봉화대를 세웠습니다. 우리가 군사를 일으키면 관우가 바로 알고 달려올 것입니다."

여몽은 깜짝 놀랐다.

"아, 역시 관우로다. 그런 대비를 해 놓은 줄 미처 몰랐구나. 어찌하면 좋은가?"

아무리 생각해도 철통같은 봉화대를 피해 군사를 일으킬 방법은 없었다. 계책은 없고 손권에게는 군사를 일으켜 형주를 치겠다고 해 놓았으니 이럴 수도 저럴 수도 없는 상황이었다. 여몽은 생각다 못해 병이 났다는 핑계를 대고 밖으로 나오지 않았다.

손권으로서는 여몽이 병이 났다는 말을 듣고 나가 싸우라고 할 수도 없고 들어오라 할 수도 없는 어정쩡한 처지가 되었다. 손권이 답답해 육손에게 물었다.

"여몽이 아프다는데 어찌하면 좋겠소? 관우가 없을 때 형주를 쳐야 하는데."

"주공, 여몽의 병은 꾀병입니다. 실제로 병이 난 것이 아닙니다."

"꾀병이라고?"

"그렇습니다."

"진정 그렇다면 그대가 직접 가서 살펴보시오."

"제가 가서 계책을 구해 보겠습니다."

육손이 육구에 도착해 보니 여몽은 역시 환자가 아닌 생생한 얼굴로 그를 맞이했다.

"문병을 왔소이다."

"미천한 자가 병이 났다고 예까지 수고로이 오셨소이까?"

"오후께서 중임을 맡겼는데 누워만 계시면 어찌하십니까?"

"할 말이 없습니다. 몸이 안 좋은 걸 어쩝니까?"

"내가 재주는 없지만 처방이 있는데 들어 보시겠습니까?"

육손의 눈빛을 보니 비밀 계략이 틀림없었다. 여몽은 재빨리 사람들을 물리고 은밀히 물었다.

"그 처방이 무엇이오? 제발 나를 병에서 구해 주오."

"하하하!"

육손이 웃으며 귓엣말을 건넸다. 그것은 놀랍게도 봉화대를 깨는 전략이었다.

"공의 병은 형주의 군마들이 잘 정돈되어 있고 봉화대가 두려워 공격을 감행하지 못하는 것 아니오?"

"맞소. 어찌 알았소?"

"나에게 계책이 있소. 적이 봉화를 올리지 못하게 하고 형주의 군사들이 항복하게 만들면 이기는 것 아니겠소?"

여몽이 벌떡 일어나 큰절을 했다.

"그대의 말이 내 가슴앓이를 단번에 날려 버렸소. 계책을 알려 주시오."

"관우는 지금 살아생전 최고의 위용을 떨치고 있소. 자신을 영웅이라 믿고 대적할 자가 없다는 오만에 빠졌소이다. 그러한 관우가 가장 두려워하는 사람이 바로 그대 여몽 장군이오. 장군이 두려워 봉화대를 세운 것 아니겠소?"

"그렇게 말씀해 주시니 고맙소이다."

"허허실실이오. 이참에 장군은 병을 핑계로 관직을 사직하고 육구를 다른 사람에게 넘기시오. 그러고 나서 육구를 맡은 자가 관우를 찾아가 아첨하고 칭송하면 관우는 더욱 교만해져 형주의 군사를 거두어 번성 공략에 돌릴 것입니다. 그때 기묘한 계책으로 습격한다면 병사를 얼마 동원하지 않아도 형주는 우리 것이 됩니다."

여몽이 크게 기뻐했다.

"아, 그대는 참으로 대단하오. 나는 어찌하여 그런 생각을 못 했나 모르겠소."

여몽은 육손의 계책대로 움직였다. 병이 났다고 물러나 있으면서 손권에게 사직서를 올렸다. 정탐꾼들은 여몽의 동향을 빠짐없이 관우에게 전했다.

손권은 여몽의 근황을 듣고 나서 건업으로 돌아와 요양하라고 명령을 내렸다. 여몽은 마침내 사직하고 손권 앞에 가서 계책을 말했다.

"주공, 저의 후임으로 인망이 두텁거나 능력 있는 이름난 자를 쓰시면 안 됩니다. 그러면 관우가 방비를 게을리하지 않습니다."

"그러면 누가 좋겠소?"

"육손을 보내십시오. 육손은 생각이 깊은 인물이지만 아직 이름이 알려지지 않아 관우가 잘 모릅니다. 육손을 보낸다면 반드시 성공할 것입니다."

"당장 그대의 말대로 시행하겠소."

육손은 편장군겸 우도독이 되어 여몽 대신 육구를 지키게 되었다.

육손은 처음에는 겸허하게 말했다.

"저는 나이도 어리고 배운 것도 없습니다. 어찌 이렇게 큰 임무를 맡기십니까?"

손권†이 믿음직한 얼굴로 육손의 등을 두드렸다.

"여몽이 천거했으니 사양하지 말고 시키는 대로 하면 될 것이다."

육손은 인수를 받아 부임지로 떠났다. 그리고 당장 편지를 써서 말과 선물을 잔뜩 꾸려 번성의 관우에게 바치도록 했다.

이때 상처가 아물어 가던 관우에게 급보가 들어왔다. 여몽이 중병으로 물러나고 육손이 대신 맡게 됐다는 전언과 함께 예물이 도착했다는 것이다. 사자가 관우 앞에 엎드려 서신을 전하고 그런 사실을 알렸다.

　장군, 육손이 예를 갖추어 인사드리옵니다!
　군후께 하례를 드리옵고 두 집안의 화평과 우호를 꾀하고자 보잘것없는 선물을 보냈으니 즐거운 마음으로 받아 주옵소서.

관우가 편지를 읽어 보니 겸손하기 짝이 없
는, 자신을 영웅이라 받드는 내용이었다.

"으하하하!"

기분이 좋아진 관우는 통쾌하게 웃더니 예
물을 받아 챙기라 이르고 사자를 돌려보냈다.

육구로 돌아온 사자는 관우가 무척 기뻐하
며 즐거워하더라는 소식을 세세히 전했다. 육
손이 사람을 보내 정탐하니 역시 관우는 방심
한 채 군사들을 조금씩 빼서 번성으로 이동시
키고 있었다.

"어린애 같은 육손이 감히 형주를 칠 것 같
지는 않다. 최소한의 병력만 남기고 번성으로
불러들여라."

관우의 명에 따라 군사들이 이동하는 것을
보고 육손은 급히 손권에게 소식을 전했다. 손
권과 여몽은 비로소 작전을 짰다.

"관우가 형주의 군사를 거두어 번성 공략에
돌리고 있소. 우리도 형주를 공격할 계책을 세
워야 하오. 여몽, 그대가 내 아우 손교와 함께
대군을 끌고 가시오."

손교는 손권의 숙부인 손정의 둘째 아들이
었다. 한마디로 왕손인 것이다. 손권의 말을

여기서
잠깐!!

여기서 눈여겨볼 것은 손권의 용
인술이야. 그는 능력이 있다 싶으
면 신인일지라도 과감하게 채용했
어. 신인들의 열정을 높이 산 거지.
여몽을 기용할때도 그의 잠재력을
알아보고 책을 읽도록 권유했고,
육손 또한 백면서생이었는데 과감
히 기용해 병권을 넘겨주었어. 이
처럼 과감하게 신인을 써서 국면을
전환하는 것이 가능했던 이유는 손
권 자신이 젊어서부터 대권에 도전
했고 식견이 높았기 때문이라 할
수 있지.

들고 여몽이 말했다.

"주공, 군에서 군사를 통솔하는 우두머리는 하나여야 합니다. 저를 쓰시려면 저를 쓰시고 손교를 쓰시려면 손교를 쓰십시오. 지난날 주유와 정보가 좌우 도독이 되었을 때 서로 불목하지 않았습니까? 나중에야 주유의 재주를 보고 정보가 굴복한 사실이 있습니다. 저의 재주는 주유만 못합니다. 게다가 손교는 주공의 혈육 아닙니까? 둘이 다투기라도 하면 일을 그르칩니다."

"음, 내 미처 그 생각은 못 했소. 그대가 대도독이 되어 주시오. 모든 강동 군마를 총괄하는 직책을 맡기겠소."

마침내 여몽이 군사를 일으켰다. 손교는 뒤에서 군량과 마초를 관리하며 여몽을 뒷받침하는 업무를 맡았다. 여몽은 부임하자마자 군사 삼만 명과 쾌속선 팔십여 척을 모은 뒤 명령했다.

"물에 능한 자들은 흰옷을 입고 장사꾼으로 가장하고 정예 군사들은 배에 숨어 있도록 하라."

여몽은 한당, 장흠, 주태 등 일곱 장수를 내보낸 뒤 나머지 군사들은 오후 손권을 따라 뒤에서 후원하게 했다. 그리고 조조에게 편지를 보내 관우의 후방을 공격할 것이라는 사실을 알렸다. 물론 육손에게도 이 사실이 전달되었다.

흰옷으로 갈아입은 군사들은 심양강을 거슬러 올라가 강기슭의 북쪽에 다다랐다. 봉화대를 지키는 강기슭의 형주 군사들이 검문을 했다.

"멈추어라! 어디로 가는 배냐?"

"우리는 장사꾼들입니다. 풍랑이 일어 잠시 피해 왔습니다."

"당장 배를 띄워라! 군사 지역이라 댈 수 없다."

"잠깐만 쉬어 가게 해주십시오. 예물을 드리겠소이다."

그들은 재물을 꺼내 군사들에게 푸짐하게 안겨 주었다. 서로 눈짓을 하던 군사들은 그들을 정박하도록 놔두었다.

"내일은 꼭 빼도록 해라!"

"감사합니다!"

그날 밤이 이슥해지자 배 안에 숨어 있던 병사들이 일제히 쏟아져 나와 봉화대를 급습했다. 변변히 저항도 못 한 형주 군사들은 꽁꽁 묶이는 신세가 되었다. 이런 식으로 봉화 요충지의 형주 군사들이 모조리 동오의 포로가 되었다. 도망에 성공한 군사조차 없었기 때문에 이런 소식이 관우에게 전해질 리도 없었다. 동오군은 마침내 아무 저항 없이 형주에 이르렀다.

"봉화대에서 사로잡은 군사들을 끌고 와라."

군사들이 줄줄이 끌려오자 여몽이 각종 금은보화를 나눠 주며 타일렀다.

"너희들의 역할에 따라 형주성 안에 있는 너희 친척들이 죽을 수도 살 수도 있다. 성문을 지키는 군사들을 속여 성문을 열게 하면 큰 희생 없이 우리가 형주를 접수할 수 있다. 잘할 수 있겠느냐?"

"예!"

형주 군사들은 동오에 협조하기로 마음먹었다. 협조를 안 하고 고집을 부려 봐야 임무를 소홀히 했기에 관우에게 죽을 수도 있었기 때문이다. 성 밑에 다다른 형주 군사들은 성문을 열라고 외쳤다.

"성문을 열어라! 우리가 돌아왔다."

깊은 밤 목소리를 듣고 얼굴을 확인해 보니 형주 군사들이었다. 문을 지키는 군사들이 성문을 열자 앞쪽에 있던 형주 군사들이 고함을 지르며 성문 안으로 들어가 불을 질렀다. 동오 군사들이 합세해 일제히 쳐들어가자 형주성은 맥없이 함락되었다.

그날 밤 형주성을 차지한 여몽은 군사들에게 엄명을 내렸다.

"백성을 해치거나 민폐를 끼치고 물건을 하나라도 빼앗는 자는 군법으로 다스려 목을 베겠다."

여몽은 또한 형주 관리들에게 그대로 일을 맡아보게 했고, 관우의 식솔들은 따로 보호해 아무도 드나들지 못하게 했다. 그리고 계획대로 형주를 손쉽게 빼앗았다고 손권에게 보고했다. 여몽이 얼마나 철저하게 원칙을 지켰는지 다음 일화에 잘 드러난다.

큰비가 내릴 때 여몽이 기병 몇 명만 데리고 성문을 순시했다. 그때 한 군사가 백성에게 빌린 삿갓을 투구 위에 쓰고 있었다.

"네 이놈, 삿갓은 어디에서 났느냐?"

그는 여몽의 고향 사람이었다.

"장군, 갑옷이 젖을까 봐 삿갓을 빌려 가렸습니다. 뺏은 것이 아닙니다. 한 번만 봐주십시오. 저는 장군과 같은 고향 사람 아닙니까?"

"네가 비록 내 고향 사람이지만 군법대로 처리할 것이다. 백성의 물건을 빼앗지 말라고 군령을 내렸기 때문에 어쩔 도리가 없다."

여몽은 그 군사의 목을 베어 저잣거리에 매달고 보란듯이 말했다.

"동오 군사들은 백성들에게 조금도 피해를 주지 않는다."

그 모습을 본 백성들은 여몽의 강직함에 고개를 끄덕였다. 여몽은 시체를 수습한 뒤 통곡하며 후하게 장사를 지냈다. 그 뒤 동오 군사들은 민폐를 끼치지 않으려 더욱 긴장했다.

하루 뒤에 손권이 형주에 도착했다. 여몽이 성 밖에 나가 손권을 맞았다. 손권은 여몽의 공을 치하하고 나서 옥에 갇혀 있던 우금을 풀어 주었다. 관우가 우금의 목을 베지 않은 것은 큰 실수였다.

"그대는 나와 원한이 없다. 풀어 줄 테니 위왕에게 가서 내가 위왕과 협조한다는 사실을 전하도록 해라."

손권은 우금을 보내고 나서 백성을 안정시키고 군사들에게 상을 내렸다. 잔치를 베풀었을 때는 형주 백성들의 마음이 이미 손권에게 돌아설 정도였다. 손권이 여몽에게 말했다.

"형주는 되찾았지만 공안 땅의 부사인과 남군 땅의 미방이 아직 버티고 있소. 두 곳을 어찌 차지해야 하겠는가?"

그러자 우번이 나섰다.

"활 한 대 쏘지 않고 제가 세 치 혀로 부사인을 설득해 보겠습니다."

"무슨 꾀로 설득하겠다는 것인가?"

"저는 어려서부터 부사인과 친구였습니다. 그의 됨됨이를 잘 압니다. 가서 설득하면 반드시 항복할 것입니다."

손권은 우번에게 오백 명의 군사를 내주었다. 우번이 공안에 도착했을 때 부사인은 성문을 굳게 닫고 있었다. 우번이 글을 써서 화살에 매달아 쏘아 보내자 성안에 있던 군사가 부사인에게 바쳤다. 물론 우번이 항복을 권유하는 편지였다. 편지를 본 부사인은 마음이 심란했다. 관운장이 출병하면서 실수로 방화한 일을 물어 처벌하겠다는 말이 생생하게 떠올랐다. 형주를 잃은 마당에 관우가 돌아오면 자신은 목숨을 잃을 것이 뻔했다. 부사인은 주저하지 않았다.

"얼른 성문을 열고 우번을 맞아들여라!"

우번은 손쉽게 성안으로 들어갔다. 부사인과 우번은 인사를 주고받고 어린 시절 이야기를 나누고 나서 말했다.

"오후는 도량이 넓고 어진 선비를 예로써 대우한다네. 자네가 이참에 항복하는 것이 어떤가?"

"참으로 고마운 말이네. 자네가 이리 권하니 내가 형주에 가서 항복하겠네."

부사인은 우번과 함께 형주로 가서 인수를 바치고 항복했다. 손권이 부사인에게 명했다.

"부공은 그대로 돌아가 공안을 지키도록 하라."

"감사합니다!"

그 말을 듣고 여몽이 손권에게 전했다.

"아직 관운장이 잡히지 않았습니다. 부사인을 그대로 두면 다시 변심할지 모릅니다. 차라리 남군으로 보내 미방을 설득하라고 하십시오."

그 말도 일리가 있었다. 손권이 다시 부사인을 불렀다.

"미방과 그대는 친한 사이가 아닌가?"

"그렇습니다!"

"그렇다면 그대가 미방을 투항시키게. 마땅히 상을 내리겠다."

"알겠습니다!"

부사인은 기병 십여 명을 끌고 길을 나섰다.

이때 미방은 형주가 함락되었다는 소식을 듣고 불안에 떨고 있었다. 그런데 부사인이 찾아오자 반갑게 맞아들였다.

"그간 어찌 지내셨소? 나는 이곳에 갇혀 소문만 듣고 있소이다."

"나는 항복했소. 충성심이 없어서라기보다 형세가 위급해 어쩔 수 없었소. 장군도 항복하시오."

"우리가 한중왕에게 은혜를 입고 그동안 신세를 졌는데, 어찌 손바닥 뒤집듯 배신한단 말이오?"

"생각해 보시오. 관운장이 형주를 떠나면서 우리를 어떻게 하겠다고 했소. 돌아오면 우리를 가만두지 않을 것이오. 잘 생각하시오."

"아, 미축 형님과 함께 고생하며 오랫동안 한중왕을 섬겼는데……."

미방이 망설이는 사이에 관우의 사자가 도착했다.

"관공께서 군량미가 부족하다 하십니다. 남군과 공안에서 백미 십만 석을 거두어 보내라 하셨습니다. 빨리 서두르셔야 합니다. 만일 지체해 보내지 않는다면 당장 목을 베겠다고 하셨습니다."

불난 데 부채질하는 격이었다. 형주가 이미 동오의 손에 넘어가 군량을 구할 데라곤 없었다. 그때 부사인이 벌떡 일어나 외쳤다.

"네 이놈!"

부사인은 칼을 뽑아 사자의 목을 베었다.

미방이 놀라 소리쳤다.

"이게 무슨 짓이오?"

"관운장이 우리를 죽이려는 수작이오. 수행할 수 없는 명령을 내려

우리를 죽이겠다는데 어찌 가만있겠소? 사자도 죽였으니 동오에 투항하지 않으면 관운장에게 죽임을 당할 뿐이오."

그때 다급하게 한 군사가 들어와 보고했다.

"여몽의 군사들이 성 밑까지 다가왔습니다."

미방이 성루에 올라 내다보니 대군이 성을 둘러싸고 있었다. 저항은 곧 죽음이었다. 미방은 어쩔 수 없이 성 밖으로 나가 항복했다. 손권은 부사인과 미방에게 상을 내리고 백성들을 안정시켰다. 그리고 잔치를 열어 삼군의 노고를 치하했다. 그들은 화살 한 대 안 쏘고 성 두 개를 더 얻은 것이다.

조조는 동오에서 보낸 서신을 받았다. 형주를 공격할 테니 협공을 하되 관우가 방비하지 못하게 비밀을 유지하라는 내용이었다.

주부인 동소가 말했다.

"번성이 위기에 처해 구원군을 기다리고 있습니다. 형주가 함락된 사실을 관우가 아직 모르는 듯하니 번성 안으로 화살을 쏘아 안심하라 전하십시오. 그리고 동오가 형주를 습격하려 한다는 것을 관우에게 알려주는 게 좋겠습니다. 그러면 당장 후퇴할 테니, 그때 서황을 내보내면 공을 이룰 수 있습니다."

조조는 동소의 계책을 따랐다. 서황에게 사람을 보내 급히 싸우라고 이른 뒤 스스로 대군을 이끌고 낙양의 남쪽 양릉파로 가서 조인을 구원하기로 결정했다.

서황은 조조의 명령을 받아 싸울 준비를 했다. 그는 서상과 여건에게 명해 자신의 깃발을 앞세우고 번성으로 가서 관평과 교전하도록 하는 한편 자신은 오백 기의 정예병을 이끌고 면수를 돌아 번성을 공격하기로 했다.

관평은 서황이 온다는 말을 듣고 군사를 거느리고 나가 맞섰다. 맨처음 나온 장수는 서상이었다. 서상은 삼 합 만에 관평을 피해 도망쳤다. 곧이어 여건이 나왔지만 그 역시 곧 도망쳤다. 관평은 승세를 잡았다고 생각하고 이십여 리나 쫓아갔다. 그러나 그것은 계책이었다.

"너무 깊이 들어왔다. 퇴각하라!"

속임수에 빠진 것을 깨달은 관평이 말을 돌릴 때 서황이 기다렸다는 듯 나서서 막아섰다.

"관평, 이 어리석은 애송이야! 네놈은 곧 죽게 되었는데도 깨닫지 못하느냐? 형주는 이미 동오가 차지했다. 그런데도 여기서 날뛰며 죽음을 재촉하느냐?"

"뭐라고? 새빨간 거짓말을 하는 네놈을 가만둘 수 없다!"

관평은 크게 놀랐지만 서황에게 달려들어 싸움을 걸었다. 그때 언성 안에서 불길이 치솟았다. 잠시 비운 사이에 성을 빼앗긴 것이다. 관평은 사총을 향해 도망쳤다. 사총에 도착하자 요화가 맞아들였다.

"여몽에게 형주가 함락됐다는 소문이 나돕니다. 군사들이 동요하는데 어쩌면 좋습니까?"

"그런 헛소문을 믿으면 안 되오. 그런 소리를 지껄이는 자는 목을 베시오."

그때 다시 서황의 군사들이 쳐들어왔다는 전갈이 전해졌다. 관평은 요화에게 첫 번째 영채를 잃으면 나머지 영채들도 안전을 장담할 수 없으니 구하러 가자고 청했다. 요화가 부장에게 영채를 잘 지키라 이른 뒤 관평과 함께 정예병을 이끌고 첫 번째 영채로 달려갔다. 관평이 도착해 주위를 살펴보았다. 위군은 낮은 산에 주둔해 있었다.

"적이 지형상 위태로운 곳에 주둔하고 있으니 오늘 밤 군사를 몰고 가서 급습합시다."

요화가 말했다.

"나는 본채를 지킬 터이니 장군은 군사를 반만 거느리고 가시오."

그날 밤 관평은 적진을 급습했다. 하지만 습격은 실패로 끝났다. 적진은 텅 비어 있었고 오히려 서상과 여건 등의 협공을 받았다. 관평은 크게 패해 첫 번째 영채로 후퇴했다. 하지만 위군의 추격에 첫 번째 영채마저 포위되자 요화와 함께 사총의 영채를 향해 달렸다. 그러나 조조 군은 기민하게 움직였다. 사총의 영채도 이미 조조 군의 깃발이 넘실거렸다. 관평과 요화가 좌충우돌하며 살길을 찾는데 엎친 데 덮친 격으로 서황이 나타나 앞을 가로막았다. 죽을 각오로 싸워 퇴로를 뚫은 두 장수는 겨우 관우의 진영에 닿았다.

"장군, 서황에게 언성을 빼앗겼습니다. 그리고 지금 조조가 대군을 끌고 번성을 구하러 온다고 합니다. 게다가 안 좋은 소식은 형주가 이미 여몽의 습격을 받아 함락되었다는 것입니다."

관우가 대로했다.

"거짓말이다. 동오군이 침입하면 봉화로 신호가 왔을 것이다. 우리 군심을 어지럽히려는 수작들이니 속으면 안 된다. 여몽은 병이 나서 물러났고 풋내기 육손이 왔다는데 무엇이 두려우냐?"

그때 서황이 쳐들어온다는 보고가 들어왔다. 관우를 잘 아는 관평이 출전을 말렸다.

"아버님, 나가서 싸우시면 안 됩니다."

"아니다. 나는 오래전부터 서황과 친교가 있어서 그의 실력을 잘 안다. 서황이 물러나지 않는다면 그 목을 베어 조조 군사들에게 겁을 줄 것이야."

관우가 칼을 들고 말에 오르자 조조 군사들은 저마다 두려움에 떨었다. 관우가 큰 소리로 조조 군사들에게 외쳤다.

"서황은 어디 있느냐? 썩 나오너라!"

조조 군의 진문이 열리고 서황이 말을 타고 나왔다. 그는 몸을 숙여 인사를 올렸다.

"관 장군과 작별하고 세월이 많이 지났습니다. 그새 수염과 머리카락이 반백이 되셨구려. 젊은 시절에 장군께 많은 가르침을 얻었으니 감사할 따름입니다. 장군의 위풍이 천하에 떨쳐 부러움을 이기지 못하고 있었는데 이렇게 뵙게 되어 반갑습니다."

"그대와 나는 친했는데 어찌하여 내 아들을 그렇게 괴롭혔는가?"

그러나 서황은 여기까지였다. 개인적인 친분은 끝났고 지금부터 공적인 적장일 뿐이었다.

"당장 관우의 목을 베라! 저자의 목을 베는 자에게 천금을 주겠다!"

"그대는 어찌하여 나를 앞에 두고 함부로 입을 놀리는가?"

"장군, 지금은 나랏일로 싸우는 중이오. 사사로운 정은 접어 둡시다."

서황이 도끼를 휘두르며 관우에게 달려들었다. 관우가 크게 노해 청룡도를 휘두르며 맞섰다. 두 장수가 팔십여 합을 싸웠지만 승패가 나지 않았다. 게다가 관우는 오른팔이 완전히 낫지 않은 상태였다. 관평은 혹시라도 관우가 다칠까 싶어 징을 울려 싸움을 중단시켰다.

관우가 진지로 돌아오는데 갑자기 뒤에서 함성이 터지며 군사들이 나타났다. 번성에 포위되어 있던 조인이 구원군이 왔다는 소식에 군사를 이끌고 역공에 나선 것이다. 서황과 조인의 군사들이 휘몰아쳐 오자 관우의 군사들은 일대 혼란에 빠져 갈피를 못 잡았다. 관우가 장수들을 이끌고 급히 양강 상류로 후퇴했다. 기세를 잡은 위군이 줄기차게 쫓아왔다. 관우가 양강을 건너 양양 쪽을 향해 달리는데 앞에서 파발마가 달려왔다.

"장군, 형주로 가시면 안 됩니다."

"왜 그러느냐?"

"형주성은 이미 동오군에게 함락되었습니다. 장군의 가족들은 적군에게 사로잡혔습니다."

"이, 이럴 수가!"

분노가 하늘을 찔렀다. 하지만 어쩔 수 없었다. 관우는 양양으로 못 가고 공안 쪽으로 말을 돌렸다. 그러자 정탐꾼들이 와서 보고했다.

"공안의 부사인이 동오에 항복했습니다."

군량을 재촉하러 갔던 이들도 돌아와 보고했다.

"부사인이 남군에 갔던 사자를 그 자리에서 참했습니다. 그리고 미방에게 권유해 둘이 같이 동오에 항복했습니다."

"뭣이? 이런 쥐새끼 같은 놈들!"

총체적 난국이었다. 관우는 노기가 뻗쳐 겨우 아물어 가던 상처가 터져 그 자리에 쓰러졌다. 장수들이 달려들어 황급히 응급조치를 취하자 겨우 깨어났다. 관우는 사마 왕보에게 한탄하며 말했다.

"내 일찍이 그대의 말을 들었어야 했는데 일이 이렇게 되었구려. 그건 그렇고, 왜 이런 지경이 됐는데도 나에게 알리지 않았느냐? 봉화대는 어찌 되었단 말이냐?"

정탐꾼이 여몽의 계략에 의해 봉화대가 쓸모없이 되었다는 사실과 그 후의 일을 세세히 전해 주었다.

"아, 내가 간교한 적들의 꾐에 빠졌구나. 이제 살아서 형님을 뵐 수가 없겠구나."

관우가 비통해하며 슬픔에 빠져 있을 때 조후가 제안했다.

"장군, 사태가 급박합니다. 성도로 사람을 보내 구원을 청하시고 육로로 내려가 형주를 공격하시지요."

"좋다. 그대로 하겠다. 성도로 가서 구원병을 청해라!"

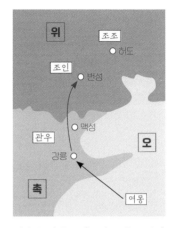

여몽의 형주 공격로와 관우의 번성 공격로

관우는 군사를 이끌고 형주로 향했다. 자신은 선발대를 이끌고 앞장서고, 요화와 관평에게 추격하는 동오군을 막아 싸우라고 명했다.

한편 조인은 번성의 포위가 풀리자 조조에게 엎드려 울며 죄를 청했다.

"부족한 저의 목을 베십시오, 대왕!"

조조가 호탕하게 말했다.

"하하하, 하늘의 운수가 거기뿐인 것이지, 그대의 잘못이 아니다."

조조는 오히려 상을 내려 삼군을 위로하고 사총 영채를 돌아보았다.

"아, 형주의 군사들이 이렇게 겹겹이 빙어했는데도 서황은 적진을 뚫고 들어가 공을 세웠구나. 이렇게 깊이 적진을 뚫고 들어가 종횡무진으로 싸운 장수는 일찍이 본 적이 없다."

조조의 말에 다른 장수들도 탄복했다. 조조는 서황을 평남장군으로 봉하고 하후상과 함께 양양을 지키라 명령해 관우의 공격에 대비케 했다. 조조는 형주가 완전히 평정되지 않았기에 마파에 주둔하며 다음 소식이 오기를 기다렸다.

이때 관우는 형주로 나아갈 수도 물러설 수도 없는 진퇴양난에 빠졌다.

"아, 이 일을 어찌한단 말이냐? 앞에는 동오 군사들이 막고 뒤에는 위군이 쫓아오고 있다. 우리는 가운데 갇혀 있는데 구원병마저 오지 않으면 장차 어찌할꼬?"

그러자 조루가 말했다.

"여몽은 참으로 괘씸한 자입니다. 과거에는 서신을 보내 우호를 맺고 조조를 쳐 없애자고 하더니 이제는 오히려 조조를 도와 우리를 습격하고 있습니다. 배신한 것이 분명하니 관공께서 사자를 보내 여몽을 책망

하십시오. 그런 뒤 어찌 나오는지 보는 것이 좋겠습니다."

관우는 곧장 편지를 써서 형주로 보냈다.

이때 여몽은 형주의 민심을 달래느라 애썼다. 군사들에게 포고령을 내려 관우를 따라 출정한 가족이 있는 장정들의 집을 찾아가 소란 피우는 것을 금지했다. 오히려 그들에게 양식을 나누어 주고 환자가 있으면 돌봐 주었다. 그러자 장정을 군사로 내보낸 집안에서 여몽의 은혜에 고마워하며 동요하지 않았다.

여몽은 관우의 사자를 친히 맞아들이고 예의를 다해 대접했다. 관우의 서신을 읽은 여몽이 말했다.

"지난날 관 장군에게 우호를 맺자고 한 것은 나의 사견이었소. 하지만 지금 관 장군과 싸우게 된 것은 국가의 명이오. 내 마음대로 할 수 없소이다. 돌아가서 내 뜻을 잘 전해 주시오."

여몽은 사자를 후하게 대접한 뒤 역관으로 보내 쉬게 했다. 그런데 관우를 따라가 군사가 된 이들의 가족들이 역관을 찾아와 저마다 가족들의 안부를 물었다.

"우리 아들에게 우리는 무사하다고 전해 주십시오."

"이 편지를 꼭 전해 주시고, 어서 돌아오란다고 전해 주십시오."

그들은 편지를 맡기기도 하고 말을 전해 달라고 부탁도 했다. 대부분 동오 군사들이 잘해 주어 먹고사는 데 지장이 없다는 내용이었다.

사자는 돌아와 관우에게 여몽의 말을 그대로 전한 뒤 자신이 보고 온 것을 솔직히 보고했다.

"형주 백성들은 부족함이 없었습니다. 동오군이 예의 바르게 다스리고 있고 장수나 군사들의 가속들도 모두 별 탈 없었습니다."

관우는 여몽의 계책을 꿰뚫어 보았다.

"이는 간특한 기만술이다. 살아생전에 그놈을 죽여 원한을 갚고야 말 겠다. 네놈은 고작 그따위 소식이나 가져왔단 말이냐? 당장 내 앞에서 물러가라."

사자가 놀라 바깥으로 나오자, 기다렸다는 듯 장수들이 몰려들어 자기 집의 안부를 물었다.

"우리 형님 댁은 무고하시오?"

"우리 가족들은 아무 탈 없소?"

사방팔방에서 이놈 저놈이 물어보자 사자는 여몽이 잘 보살펴 주어 형주에는 아무 문제 없다고 전한 뒤 안부를 전하거나 가져온 서신을 일일이 나눠 주었다. 형주의 가족 걱정이 태산이던 장수들은 걱정이 없어져 싸우고 싶은 생각마저 눈 녹듯 사라졌다. 심리전에서 관우는 이미 패배했다.

그러나 관우는 죽을 각오를 하고 진군을 명령했다.

"당장 동오로 쳐들어간다!"

장수의 명령에 아랑곳하지 않고 군사들은 밤이 되면 슬금슬금 사라졌다. 기회가 있을 때마다 형주로 도망친 것이다. 화가 치민 관우는 더욱더 재촉해 행군을 가속했다.

"속히 진군해 원수 놈들을 처단하자!"

그때 한 무리의 군사들이 달려와 관우를 가로막았다. 무리의 대장은 장흠이었다.

"관 장군은 어찌하여 항복하지 않으시오? 우리는 그대의 항복을 기다리고 있소."

관우가 노기 띤 얼굴로 고함을 질렀다.

"나는 천하가 다 아는 한나라 장수다. 도적놈들에게 어찌 항복한단 말이냐?"

관우가 청룡도를 휘두르며 달려 나가자 장흠이 막으려 했지만 삼 합을 견디지 못하고 도망쳤다. 관우가 이십 리쯤 쫓아갔을 때 난데없이 산골짜기에서 복병들이 쏟아져 나왔다. 좌우에서 복병들이 치고 나와 관우를 둘러싸고 협공했다. 위기를 맞은 관우는 군사들을 거두어 되짚어 도망쳤다. 그렇게 몇 리를 도망쳤을 때 남산 기슭에서 사람들이 깃발을 휘날렸다. 그들은 형주토인(荊州土人, 형주 본토 사람)이라는 네 글자의 깃발을 휘두르며 고함을 질렀다.

"형주 사람들이여, 투항해 목숨을 지켜라! 가족들이 기다리고 있다. 무의미한 싸움은 하지 마라!"

한마디로 군사들의 마음을 흔드는 작전이었다.

"저자들이 우리의 화를 북돋는구나."

화가 난 관우가 언덕을 향해 올라가는 순간 매복한 군사들이 쏟아져 나왔다. 관우는 완전히 포위되고 말았다. 함성이 땅을 흔들고 북소리와 징소리, 고함 소리와 피리 소리가 터져 온통 정신을 빼놓았다. 그 서슬에 장수와 군사들이 하나둘 항복하고 갑옷을 벗었다. 관우가 한창 적군과 싸우다 돌아보니 항복한 군사들이 아직 항복하지 않은 군사들을 향해 소리를 질렀다.

"어서 항복하게! 무의미한 싸움을 할 필요 없어!"

"아버지, 항복하세요!"

"형님, 어서 오시오!"

싸워야 할 군사들이 그 소리를 듣고 무기를 버리고 산으로 달려갔다. 관우가 아무리 꾸짖어도 소용없었다. 급기야 관우의 군사가 삼백 명도 남지 않았다. 그래도 관우는 죽을힘을 다해 한밤중까지 싸웠다. 그때서야 관평과 요화가 군사를 끌고 달려왔다. 적진을 뚫고 관우를 구한 관평이 말했다.

"아버님, 군심이 흐트러지고 사기가 땅에 떨어졌습니다. 아무 데라도 가서 원병이 오기를 기다리십시오."

"어디로 가란 말이냐?"

"맥성이 작긴 하지만 발붙일 만합니다. 그리 가시지요."

관평의 말에 따라 관우는 맥성을 향해 달렸다. 성에 도착한 관우가 성문을 굳게 걸고 대책을 논의했다.

"이제 어찌하면 좋겠는가?"

"여기서 상용이 가깝습니다. 다행히 유봉과 맹달이 그곳을 지키고 있으니 원군을 보내 달라 청하십시오. 구원병이 오고 서천에서 대군이 오기만 하면 군심이 안정되어 힘을 모아 싸울 수 있을 겁니다."

그러나 동오군이 사방에서 포위망을 좁혀 맥성은 바다에 고립된 섬이 되고 말았다.

"누가 이 포위를 뚫고 원병을 청할 것인가?"

요화가 나섰다.

"제가 가겠습니다. 반드시 원병을 불러 오겠습니다."

그러자 관평도 나섰다.

"내가 호위해 포위를 뚫고 나가도록 돕겠소."

관우는 편지를 써서 요화에게 건네주었다. 요화가 서신을 받자마자 성문을 열고 쏜살같이 달려 나갔다. 동오의 장수들이 막아서자 관평이 닥치는 대로 칼을 휘둘러 적을 헤쳐 나갔다. 칼날이 번득일 때마다 적들이 가을 풀밭의 풀 베이듯 나가떨어졌다. 마침내 기회를 놓치지 않고 요화가 포위망을 뚫고 상용을 향해 내달렸다. 관평은 다시 성으로 돌아와 수비에 힘썼다.

이때 상용을 지키던 유봉과 맹달은 관우가 대패했다는 소식을 듣고 화들짝 놀랐다. 전혀 예상치 못한 일이 벌어진 것이다. 어찌하면 좋을지 고민하고 있을 때 요화가 들이닥쳤다.

유봉이 요화에게 물었다.

"정세가 어찌 돌아가오?"

"안 좋은 소식만 들려오고 있소이다. 관공이 대패했습니다. 맥성이 포위되어 지금 위태로운 상황이오. 한중왕께 원군을 청했지만 거리가 너무 멀어 그쪽만 믿고 있을 수도 없소이다. 목숨 걸고 포위를 뚫고 이곳에 온 까닭은 두 장군의 도움이 필요해서요. 한시바삐 상용의 군사를 일으켜 구원해 주시오. 조금이라도 지체하면 관공은 위기를 벗어날 수 없을 겁니다."

"알겠소. 잠시 역관에서 쉬고 계시오. 의논해 보겠소."

"지금 한시가 급하다 했습니다. 무슨 의논이 필요합니까?"

"나 혼자 결정할 수는 없지 않소?"

요화는 어쩔 수 없이 역관으로 물러나 출군하기만 기다렸다.

유봉이 맹달과 의논했다.

"자, 숙부님께서 곤경에 처하셨소. 군사를 일으켜야 하지 않겠소?"

맹달은 고개를 저었다.

"이미 대세가 기울었소. 동오의 군사들은 강력하오. 형주의 아홉 고을을 이미 다 손에 넣었소. 우리에게는 손바닥만 한 맥성뿐인데 조조가 사오십만 대군을 이끌고 지금 마파에 주둔해 있다고 합니다. 전황이 이런데 우리 상용 군사들이 어찌 오와 위의 막강한 대군을 당할 수 있겠소? 차라리 움직이지 않는 게 도움이 될 거라 생각하오."

"나도 알고 있소. 하지만 관공은 내 숙부님이오. 어떻게 구경만 하고 있겠소?"

"허허!"

맹달이 코웃음을 치고 말문을 열었다.

"장군은 아직도 관공을 숙부라 여기시오?"

"그게 무슨 말씀이시오?"

"관공은 그대를 조카로 생각하지 않소. 일찍이 한중왕이 장군을 아들로 삼을 때 관공은 결코 반기지 않았다 하오. 그리고 한중왕이 왕위에 오른 뒤 후사를 세우려고 제갈공명과 상의한 적이 있소. 그때 제갈공명이 무어라 했는지 아시오?"

"무어라 했소이까?"

"집안일이니 관 장군, 장 장군과 상의하라 하여 한중왕이 형주로 사람을 보내 관공의 의견을 물었다오. 그때 관공은 양자로 후사를 잇는 것은 천부당만부당한 일이라 했소. 뿐만 아니라 장군을 상용으로 쫓아내 후환을 없애자고 했단 말이오. 이 사실은 온 세상이 다 아는 일이오. 어찌 그대만 모르고 있소? 그런데도 오늘 조카와 숙부의 관계로 위험을 무릅쓰고 경거망동한다면 군사에서 옳은 행동이 아니오."

맹달의 말에 유봉은 마음이 흔들렸다. 주위 사람들이 쉬쉬하던 사실을 비로소 맹달이 직언해 주었기 때문이다. 관우에 대한 섭섭함이 밀려오는 동시에 자신이 외따로 떨어진 까닭이 무엇인지 분명히 알게 되었다.

"하지만 나는 세상이 뭐라 해도 거절할 수 없는 입장이오. 무슨 수로 거절하겠소?"

"하하, 어려울 것 없소이다. 이곳 산성을 지킨 지 오래되지 않아서 민심이 안정되지 않아 군사를 일으킬 수 없다고만 하시오. 섣불리 군사를 일으키면 이 성마저 잃게 될까 두렵다고 하면 될 것이오."

결국 우유부단한 유봉은 요화를 불러 말했다.

"산성을 다스린 지 얼마 되지 않아 관공을 구하러 갈 여력이 없소이다. 어쩌면 좋겠소?"

유봉이 거절하자 요화는 깜짝 놀랐다. 관우에게 죽으라는 얘기나 다름없었기 때문이다.

"그러면 관 장군은 이 세상 사람이 아니게 되오. 어서 관 장군을 도와주시오. 한중왕 보기에 두렵지 않소이까?"

"하지만 우리가 간다 한들 달라질 것이 없소이다. 차라리 장군이나 어서 맥성으로 돌아가 촉군이 오기를 기다리시오."

"이럴 수는 없소이다. 눈앞에서 관 장군을 죽으라고 하는 말 아니오? 제발 도와주시오, 으흐흐흐!"

요화가 통곡하며 애걸했지만 유봉과 맹달은 냉정했다. 결국 요화는 될 일이 아님을 깨닫고 차라리 한중왕 유비에게 가기로 결심했다.

"내 이 비겁한 자들을 반드시 응징하리라!"

유비를 향해 말을 달리면서도 화가 치민 요화는 허공이 찢어져라 소리쳤다.

"천하의 의리를 모르는 나쁜 놈들아! 유봉, 맹달! 너희들을 반드시 기억하겠다!"

요화는 성도를 향해 황급히 말을 몰았다.

한편, 관우는 속이 부글부글 끓었다. 원군도 없고 요화마저 소식이 끊겼다. 남은 군사라고는 오륙백 명에 불과했다. 그나마 부상당한 수가 많고 싸울 수 있는 군사는 얼마 되지 않았다.

그때 제갈근이 찾아왔다.

"오후의 명령을 받고 찾아왔습니다. 장군이 다스리던 한수 일대의 아홉 고을이 모두 동오의 손에 넘어갔습니다. 이 성 하나 남았는데 군량도 없고 마초도 없지 않습니까? 원병도 오지 않고 있습니다."

"분하지만 그리되었소."

"이제 내 말을 들으십시오. 오후께서 장군이 귀순하면 옛날처럼 형주와 양양을 다스리며 가족을 지킬 수 있게 해주겠다 했습니다. 부디 두루 살피십시오."

관우는 잘라 말했다.

"나는 과거에 이름 없는 무사에 불과했소. 그랬던 나를 구해 주고 손발처럼 대해 준 분이 바로 한중왕이오."

관우의 말에는 절절한 충의가 배어 있었다.

"사나이 대장부가 의리를 배반할 수는 없소. 어찌 적군에 귀순한단 말이오. 나는 이 성과 함께 죽을 것이오. 옥을 깨뜨려도 그 빛은 변하지 않소. 대나무를 태워도 그 절개는 빼앗을 수 없소. 관우가 죽어 백골이 없어진다 해도 이름은 역사에 남을 것이오. 그대는 쓸데없는 짓 하지 말고 어서 성을 나가시오. 손권과 마지막 싸움을 하겠소."

관우의 말은 너무나 장렬해 듣는 이들이 소름이 돋았다. 제갈근이 옷깃을 여미며 말했다.

"오후의 뜻은 혼인으로 두 집안이 가깝게 정을 맺은 다음 함께 조조를 쳐부수고 천하를 평정해 한실을 돕자는 것입니다. 다른 뜻이 없는데 어찌하여 고집을 피우십니까? 한중왕이나 오후나 조조를 무찌르자는 뜻은 같습니다."

관평이 칼을 뽑아 들었다.

"닥치시오!"

관평이 목을 베려 하자 관우가 말렸다.

"아서라! 저 사람의 동생인 제갈공명이 촉에서 너의 백부를 돕느니라. 그를 죽여선 안 된다."

"하오나……."

"얘들아, 무엇 하느냐? 손님 나가신다."

제갈근은 성에서 쫓겨나고 말았다. 말을 타고 돌아가는 제갈근의 얼굴이 붉어졌다. 죽음을 각오한 관우 앞에서 쓸데없는 이야기를 했다는 부끄러움 때문이었다.

손권에게 돌아간 제갈근이 말했다.

"관우는 설득할 수 없습니다. 이미 죽기를 각오했습니다."

"아, 참으로 만고의 충신이로구나. 어떻게 하면 좋겠는가?"

관우를 죽이려 해도 천하의 큰 영웅이라 손권도 두려웠다. 그러자 여범이 점을 쳤다. 그 결과 적이 멀리 도망간다는 점괘가 나왔다.

손권이 여몽에게 물었다.

"적이 도망간다는데 그대가 어떻게 잡으려는가?"

"주공, 여범의 괘가 제 계책과 같아서 놀랐습니다. 관우는 날개가 있어도 제 그물을 벗어날 수 없습니다."

사람들은 그 모습을 보고 용도 진흙탕에서 놀면 새우의 놀림을 받고 봉황도 새장에 들어가면 새의 속임수에 걸려든다고들 이야기했다. 관우는 말 그대로 독 안에 든 쥐가 된 것이다. 여몽이 관우를 붙잡을 계책을 말했다.

"관우는 지금 군사가 없습니다. 그래서 싸우기보다 도망칠 궁리를 할 것입니다. 도망친다면 큰길을 피해 맥성 북쪽의 험한 산길을 택할 것이 분명합니다. 주연에게 정예병 오천 명을 주어 매복케 하면 됩니다. 관우가 도망칠 때 싸우지 않고 있다가 뒤를 습격하면 임저로 도망갈 것입니다. 반장으로 하여금 정예병 오백 명을 거느리고 임저의 산골짜기에 매복케 하면 관우를 사로잡을 수 있습니다."

"그러면 당장 공격해야 하오?"

"맞습니다. 맥성을 공격하되 동남서문을 일제히 공격하면 북문으로 도망갈 것입니다."

여범이 다시 점을 쳐 보니 적이 서북쪽으로 달아난다는 괘가 나왔다. 손권은 곧 주연과 반장에게 군사를 주어 지정된 곳에 매복하라 명하고 작전에 들어갔다.

이때 관우는 성에 갇혀 쓸쓸한 마음을 가누지 못했다. 성 밖에서 형주의 군사들이 잇달아 친척의 이름을 부르며 항복을 권유하는 소리가 끊이지 않았다. 날이 어두워지자 성을 넘어 도망가는 군사들이 속출했다. 구원병은 여전히 오지 않았다. 관우가 왕보에게 답답한 마음을 토로했다.

"그대 말을 듣지 않은 것이 천추의 한이오. 이렇게 위급해졌으니 어찌하면 좋겠소?"

"장군, 지금 이 사태는 강태공이 와도 돌이킬 도리가 없습니다."

그러자 조루가 말했다.

"상용에서 원군이 오지 않는 것은 유봉과 맹달, 이자들이 군사를 움직일 마음이 없기 때문입니다. 차라리 성을 버리고 서천으로 가서 군사를 정비한 다음 회복하시는 게 좋겠습니다."

"나도 그렇게 해야겠다는 생각이 드오."

관우가 말에 올라 북문이 허술한 것을 보고 성안 백성들에게 물었다.

"북문으로 나가면 어디로 통하는가?"

"험한 산길이 나오지만 그대로 가시면 서천으로 통할 수 있습니다."

"오늘 밤에 빠져나가야겠다."

그러자 왕보가 다시 한 번 간했다.

"좁은 산에는 반드시 복병이 있습니다. 큰길로 가시지요"

그러나 관우는 체념했다. 복병이 있을 것을 알면서 이미 죽을 각오를 한 것이다.

"적군이 매복했다 한들 더 잃을 것도 없고 두려울 것도 없도다."

사람들은 그런 관우가 아직도 자신을 영웅으로 착각한다고 생각했다. 그러나 관우의 속마음은 이미 죽음을 각오하고 있었다. 죽는다면 차라리 깨끗이 적에게 죽겠다는 것이었다.

관우는 군사들을 점검한 뒤 부상당하지 않은 소수의 군사에게 성을 빠져나갈 준비를 하라고 지시했다. 그때 왕보가 울면서 관우에게 마지막 작별 인사를 했다.

"군후께서는 조심해서 가십시오. 저는 남은 군사 백 명과 함께 성을 지키겠습니다. 성은 함락될지 몰라도 저는 항복하지 않을 것입니다. 그러니 속히 돌아오셔서 저를 구해 주십시오."

"그대 말을 듣지 않은 내 어리석음 때문에 그대가 죽는구나."

"아닙니다. 장군을 모실 수 있어서 영광이었습니다."

왕보는 눈물을 뿌리며 마지막 예를 갖췄다.

주창과 왕보는 남아서 맥성을 지키고, 관우는 관평, 조루와 함께 이백 명의 군사를 이끌고 북문을 나섰다. 청룡도를 비껴들고 앞으로 나가 이십여 리 떨어진 곳에 이르렀을 때 한 무리의 동오군이 달려들었다. 매복해 있던 주연의 군사였다.

"관우는 도망치지 말고 항복하라!"

크게 노한 관우가 청룡도를 들고 달려가자 주연이 도망쳤다. 그를 쫓아가자 복병들이 수없이 달려 나왔다. 관우는 어쩔 수 없이 임저 쪽을 향해 좁은 산길로 달렸다. 주연이 뒤를 추격해 얼마 되지 않는 관우의 군사가 점점 더 줄었다. 사오 리쯤 더 가자 이번에는 반장이 군사들을 이끌고 달려 나왔다. 관우가 나서자 반장은 삼 합 만에 도망쳤다. 관우는 반장을 추격하지 않고 다시 산길을 내달렸다. 그 와중에 조루가 적과 싸우다 죽고 말았다.

"뒤를 끊어라!"

관평에게 명령하고 관우 자신은 앞길을 열어 나갔다. 남은 군사는 십여 명에 불과했다. 길 양쪽에 험한 산이 버티고 있는 숲길이었다. 관우는 갈대와 잡초가 무성한 수목 사이로 내달렸다. 새벽이 되었을 때 갑자기 숲속에 매복한 군사들이 다가왔다. 그들은 갈고리와 쇠사슬을 던져 적토마의 다리를 걸어 쓰러뜨렸다.

"윽!"

관우가 그대로 나뒹굴어 마침내 반장의 부장인 마충에게 사로잡히고 말았다. 관평 역시 아버지를 구하러 오다가 반장과 주연의 군사들에게 포위되어 사로잡혔다.

다음 날 새벽 손권은 관우 부자를 사로잡았다는 전갈을 받고 크게 기뻐했다. 마충이 관우를 끌고 들어오자 손권이 말했다.

"나는 오랫동안 장군의 성덕을 흠모했소. 혼사까지 맺기를 원했는데 어찌하여 내 뜻을 저버렸소? 그대는 천하 제일의 영웅이라 했는데 왜 내게 잡혀 온 것이오? 이제라도 항복하는 게 어떻소?"

나이 어린 손권은 그동안 관우에게 당했던 모욕을 되갚아 준다는 듯
비아냥거렸다. 적장에 대한 예의가 아니었다. 이를 알고 있는 관우가 벼
락처럼 꾸짖었다.

　"이 쥐새끼 같은 놈아! 아직 다 자라지도 않은 어린놈이 무슨 망발을
하는 게냐? 나는 일찍이 유 황숙과 도원결의를 해 한나라 황실을 일으
키기로 죽음을 각오하고 맹세한 사람이다. 너 같은 역적 놈을 위해 내
어찌 한나라를 배반한단 말이냐? 내가 간특한 계책에 빠졌으니 이제 나
를 죽이면 될 일이다. 긴 말 하지 마라!"

　손권은 관우를 설득하려고 주변 관리들에게 물었다.

　"어찌하면 관우를 내 사람으로 만들겠는가? 예로써 대접해 항복을 권
유해 볼까 하는데 그대들은 어찌 생각하오?"

　그러자 좌함이 나섰다.

　"주공, 그것은 안 됩니다. 과거에 조조가 관우를 얻으려고 잔치를 열
어 후에 봉하고 선물로 환대하고 은혜와 예의를 베풀었지만 끝내 마음
을 얻지 못했습니다. 관우가 유비에게 돌아갈 때는 다섯 관문의 여섯 장
수들 목을 벴는데 조조는 뒤쫓지도 못하게 했습니다. 그때 관우를 죽였
더라면 조조는 지금 천도할 생각까지 할 일은 없었을 것입니다. 이제 그
를 사로잡았으니 죽이지 않으면 후환이 있을 것입니다."

　"아, 그럴까?"

　손권은 반나절 동안 깊이 고민했다. 아까운 장수를 죽이기가 정말 내
키지 않았다. 그러나 살려 두려 해도 후환이 두려웠다.

　"그 말이 옳다. 관우의 목을 베어라! 대신 예의를 갖춰라!"

결국 관우는 오나라 군사들의 애도 속에 참형을 당했다. 아들인 관평 역시 함께 죽었다. 이때가 건안 24년(219) 10월, 관우의 나이 쉰여덟이었다.

하늘의 이치는 땅의 이로움만 못하다. 그런데 땅의 이로움이 인화만 못하다는 것을 관우는 알지 못했다. 그가 사람들을 너그럽게 다스리고 말년에 좀 더 겸손했더라면 분명히 다른 결말을 맺었을 것이다. 후세 사람들은 관우의 죽음을 안타까이 여겨 수많은 시를 지어 바쳤다. 또한 그의 원혼 어린 삶은 두고두고 민중 속에서 신앙으로 자리 잡기까지 했다.†

관우가 타고 다니던 적토마는 손권에게 바쳐졌다. 손권은 그 말을 마충에게 내주었다. 하지만 적토마 또한 며칠 동안 아무것도 먹지 않아 그대로 굶어 죽었다.

이때 맥성을 지키던 왕보는 뼈마디가 쑤시고 살이 떨리자 주창에게 물었다.

"어젯밤 꿈에 관공을 뵈었는데 온몸이 피투성이로 내 앞에 서 있었소. 안 좋은 꿈인 듯한데 무슨 징조인지 모르겠소."

이때 부하들이 들어와 눈물로 보고했다.

여기서 잠깐!!

중국에서 관우는 공자와 어깨를 나란히 하는 성인의 반열에 들어갈 정도의 인물이야. 사상가가 아닌 무인 관우가 충의의 상징으로 모든 사람들이 공감하는 인물이 된 거지. 우리나라의 무속에서도 관우는 매우 중요한 신으로 여기고 있어. 실제로 관제묘, 관왕묘라는 이름으로 사당이 여기저기 자리 잡고 있단다.

관우는 후대인 남북조 시대에 무장의 모범으로 추앙받았어. 그러다 송나라 시기부터 신격화가 이루어지면서 신화가 만들어졌지. 유교까지도 관우에 대한 평가가 높아서 나중에는 무성(武聖)의 자리까지 올랐지. 명나라와 청나라 시절에는 신격화의 절정에 다다라 황제의 반열에 올랐고, 청의 옹정제는 각 지역에 관우의 묘를 세우도록 지시했어. 이런 추앙은 공자까지도 무색할지경이라는 평을 받았단다.

"동오 군사들이 관 장군의 목을 가져와 항복하라고 권하고 있습니다, 흐흐흑!"

왕보와 주창이 다급히 성 위에 올라가 내려다보니 성문 앞에 관우 부자의 목이 놓여 있었다. 왕보는 절규하듯 비명을 내질렀다.

"아, 주공! 이 몸도 뒤를 따르겠습니다."

왕보는 성 위에서 밖으로 몸을 던졌다. 주창 또한 스스로 목을 찔러 자결했다. 맥성은 고스란히 동오의 손아귀에 들어갔다.

관우의 혼령은 바로 저승으로 가지 않고 세상을 떠돌았다. 이때 옥천산에 한 노승이 살았다. 법명은 보정이었다. 보정은 원래 사수관의 진국사 장로였는데 관우를 구해 준 뒤 바람처럼 떠돌다 옥천산 암자에 자리를 잡았다. 그는 날마다 참선하며 도를 닦았다.

어느 날 밤, 달이 밝고 바람이 소슬한 삼경쯤 좌선하고 있을 때 공중에서 사람 소리가 들려 왔다.

"내 머리를 돌려주시오!"

보정이 고개를 들자 허공에 적토마를 타고 청룡도를 들고 선 관우의 정령이 보였다. 보정이 들고 있던 지팡이로 문을 치며 외쳤다.

"관운장, 어디 계시오?"

관우의 혼령이 말에서 내려 바람을 타고 암자 앞에 이르러 두 손을 모으고 물었다.

"스님은 뉘시오? 법호를 알려 주시오!"

"노승은 보정이라 하오. 지난날 진국사에서 군후를 만난 적이 있는데 잊으셨소?"

"그때 나를 구해 준 은혜를 잊을 리 있소이까? 지금 이 몸은 화를 당해 목숨을 잃었습니다. 분통하니 어찌하면 좋을지 알려 주시오."

"이제 모든 일은 끝났소. 시시비비를 논할 필요가 없소이다. 장군은 인과 관계에 의해 이승을 떠난 것이오. 지금 머리를 돌려 달라 하지만 그대는 과거에 안량과 문추의 목을 베었고, 오관의 여섯 장수들 목을 베었소. 그들은 누구에게 목을 돌려 달라 하겠소?"

"아, 그렇구려."

관우는 홀연히 깨달았다는 듯 머리를 조아려 절을 하고 사라졌다. 뒤늦게 자신도 수많은 장수들의 목을 벴음을 깨닫고 사라졌다는 것이다. 그 일이 있은 뒤 옥천산에는 관우의 혼령이 나타나 백성들을 보호했다. 백성들은 관우의 덕을 사모해 산마루에 사당을 짓고 제사를 지냈다. 후세 사람들은 사당 기둥에 시를 새겨 놓고 그를 기렸다. 천하의 영웅이 이렇게 불귀의 객이 되고 말았다.

5
조조의 죽음

　동오에서는 대대적인 잔치가 벌어졌다. 승전 결과 관우 부자를 없앴고, 형주와 양양 일대 땅도 손에 넣었기 때문이다. 손권은 여몽을 상석에 앉힌 뒤 사람들 앞에서 칭송했다.

　"나는 오랫동안 형주를 되찾으려 절치부심했다. 그런데 오늘 큰 힘 들이지 않고 되찾은 것은 모두 여몽의 공이다."

　여몽이 겸손하게 사양했다.

　"소장이 거둔 것은 별로 없습니다."

　손권은 아니라고 고개를 저으며 거듭 칭찬했다. 그리고 술을 따라 여몽에게 권했다. 공손하게 술을 받아 마시려던 여몽이 갑자기 땅바닥에 술잔을 집어던졌다.

"아니, 왜 그러는가?"

여몽은 느닷없이 손권의 멱살을 움켜쥐고 욕을 퍼부었다

"이 쥐새끼 같은 어린놈아! 내가 누군지 아느냐?"

주변의 장수들이 달려들어 손권에게서 여몽을 떼어 놓았다. 그러자 여몽이 성큼성큼 걸어가 손권의 자리에 앉더니 두 눈을 부릅떴다.

"나는 황건적을 무찌른 뒤 삼십 년 동안이나 천하를 누빈 사람이다. 그런데 네놈 간계에 빠져 해를 입고 죽었다. 살아서 네놈을 죽이지 못했 지만 죽어서라도 네놈의 넋을 쫓을 것이다. 내가 바로 한수정후 관운장 이니라!"

관우의 혼령이 여몽에게 빙의한 것이다. 장수들은 물론 손권까지 깜 짝 놀라 절을 하며 머리를 들지 못했다.

"관운장, 노여움을 푸시오!"

그 순간 여몽은 그대로 쓰러져 온몸의 구멍에서 피를 쏟으며 죽었 다.† 그 모습을 본 동오의 신하들은 하나같이 두려움에 떨었다. 예를 갖 추어 여몽의 장례를 치른 손권은 그의 아들인 여패로 하여금 작위를 이 어받도록 했다.

그 무렵 건업에 있던 장소가 손권을 찾아와 향후 대책을 논의했다.

"주공께서 관우 부자를 참했기 때문에 분명히 유비가 보복하러 올 것 입니다. 지금 유비는 많은 군사를 얻었을 뿐 아니라 장비, 조자룡, 마초, 황충 등 비범한 장수들을 거느리고 있습니다. 관우의 죽음을 알게 되면 분명히 원수를 갚으러 올 텐데, 우리 동오가 그들을 대적하기는 쉽지 않습니다."

손권은 비로소 후환이 두려웠다.

"아, 내가 큰 실수를 저질렀구나. 관우만은 살려서 돌려보냈어야 했는데……. 대책이 없겠소?"

"걱정 마십시오. 계책이 있습니다. 이 계책을 쓰시면 서촉이 동오를 침범하지 못할 것입니다."

"그 계책이 무엇이오?"

"조조는 지금 백만 대군의 위용을 자랑하며 기회만 있으면 천하를 장악하려 하고 있습니다. 유비가 동오를 치려고 조조와 손을 잡으면 저희는 무척 위태로운 지경에 빠질 테지요."

"그럼 유비와 조조가 손을 못 잡게 해야 할 것 아닌가?"

"그러려면 관우의 목을 수습해 조조에게 보내야 합니다."

"유비에게 보내지 않고?"

"그렇습니다. 우리가 조조에게 관우의 목을 바치면 유비는 조조가 시켜서 한 일인 줄 알 겁니다. 그러면 유비가 조조를 공격할 테고, 우리는 중간에서 이익을 취하면 그만입니다."

"그거 좋은 계책이오."

손권은 깨끗한 고급 오동나무 상자에 관우의 목을 담았다. 그리고 사자에게 들려 보내 조조에게 전달하도록 했다.

그 무렵 조조는 마파에서 낙양으로 돌아왔다. 동오에서 관우의 목을 가져왔다는 소식을 듣고 조조는 크게 기뻐했다.

"아, 관우가 죽었으니 이제야 두 발 뻗고 잠을 자겠구나."

사실 조조는 관우가 허도 바로 밑까지 치고 올라와 불안에 떨었다. 그랬던 관우가 죽자 앓던 이가 빠진 기분이었다. 하지만 사마의는 조조의 기분과 달리 우려를 나타냈다.

"대왕이시여, 이것은 동오가 우리에게 재앙을 떠넘기고 자기들은 속 편히 지내려는 계책이옵니다."

"무슨 까닭에 그리 말하는가?"

"유비와 관우, 장비는 도원결의를 통해 같은 날 같은 시각에 죽겠다고 맹세한 자들입니다. 동오에서 관우의 목을 바친 것은 보복이 두려워서입니다. 분노한 유비가 동오 대신 저희 위나라를 치도록 만들려는 술책이니 마냥 좋아할 때가 아닙니다."

조조는 정신이 번쩍 들었다.

"오, 과연 중달(仲達, 사마의의 자)의 말이 맞도다. 어찌하면 이 일을 해결할 수 있겠는가?"

"아주 간단합니다. 일단 관우의 목을 받은 뒤 향나무로 관우의 몸을 조각해 성대하게 장례를 치르십시오. 그러면 대왕께서 관우를 흠

여기서 잠깐!!

여몽이 관우 귀신에 씌어 죽은 이야기는 대표적인 허구야. 이야기를 즐기는 독자들의 염원에 철저히 맞춘 결과라 할 수 있지. 《삼국지연의》에서는 이처럼 죽음을 왜곡해 허구로 꾸민 경우가 많아. 대표적인 예를 들면 다음과 같아.

화웅이 관우에게 죽음 - 손견에게 죽음
문추가 관우에게 죽음 - 조조 군에게 죽음
태사자가 합비에서 죽음 - 병으로 죽음
주유가 제갈공명으로 인해 죽음 - 과로로 병사
하후연이 황충에게 죽음 - 유비 군의 습격으로 죽음
황충이 정벌에서 화살 맞아 죽음 - 성도에서 병사
손 부인이 유비를 그리며 투신해 죽음 - 기록 없음

이처럼 많은 죽음이 왜곡된 것은 역사 소설의 특성상 커다란 역사적 진실을 바꿀 수는 없지만 인물들의 죽음 정도는 쉽게 바꾸어도 대세에 지장이 없기 때문이야. 또한 독자들의 염원을 안고 있는 영웅들이기에 더욱 장렬하게 또는 더욱 비참하게 죽는 것으로 그리고 있단다.

모했다는 사실이 알려질 테고, 유비는 손권에게 원한을 품고 남쪽을 칠 것입니다. 우리는 싸움을 지켜보다가 촉이 이기면 동오를 치고, 동오가 이기면 촉을 쳐서 둘 중 한 곳을 취하면 됩니다."

삼국의 형세라는 것은 언제나 두 나라가 싸우면 나머지 한 나라가 전략적으로 우위를 차지하는 구조라 모사들의 술책 또한 그것에 중점을 두었다. 조조는 기뻐하며 사마의의 술책을 따르기로 했다.

"그거 아주 좋은 생각이다. 동오의 사자를 불러들여라!"

사자가 들어와 나무 상자를 바치자 조조는 뚜껑을 열고 안을 들여다보았다. 관우의 얼굴이 살아 있는 것처럼 생생하게 드러났다.

"관공, 그간 무고하셨소?"

조조가 웃으며 말을 걸었을 때다. 갑자기 관우가 눈을 번쩍 뜨더니 눈동자가 움직이고 머리칼과 수염이 빳빳하게 섰다.

"으악!"

혼쭐 빠지게 놀란 조조는 비명을 지르고 기절했다.

한참 뒤 관원들의 간호 덕에 간신히 깨어난 조조는 놀란 가슴을 쓸어내리며 말했다.

"아, 관공이야말로 천신이로다. 두렵도다, 두려워!"

동오의 사자는 비로소 여몽이 관우의 귀신에 빙의되어 죽었다는 얘기를 털어놓았다. 그 말을 듣고 난 조조가 신하들에게 명령했다.

"관공이야말로 신이로다. 최대한 후하게 장례를 치르고 희생 제물을 올리도록 하라!"

조조의 명에 따라 침향목으로 관우의 몸을 깎아 머리와 함께 맞춘 뒤 낙양성 남문 밖에서 장례를 치렀다. 대소 관원들이 모두 참석해 성대하게 치른 장례에서 조조는 직접 절을 하여 제사를 올리고 관우를 형왕으로 추증했다.

한편 한중왕 유비는 성도에 돌아와 있었다. 법정이 유비의 개인적인 신상을 정비하도록 당부했다.

"주상의 부인께서 다 돌아가셨고, 손 부인 또한 어찌 됐는지 알 수 없습니다. 새 왕비를 들이시는 것이 어떻겠습니까?"

유비는 나라의 안주인이 있어야 된다는 생각으로 오씨 여인을 왕비로 맞아들였다. 오씨 여인이 두 아들을 낳았으니 맏아들은 유영, 둘째 아들은 유리였다. 비로소 양천, 즉 동천과 서천 땅은 백성들이 편안하고 나라가 부유해지며 해마다 풍년이 들어 걱정할 일이 없게 되었다.

그 무렵 다양한 소식들이 급박하게 들어왔다. 형주에서 손권이 관우에게 혼사를 청한 이야기도 들어오고, 형주 싸움에서 크게 이겼다는 소식도 들어왔으며, 조조의 칠군을 강물로 쓸어버렸다는 희소식도 들어왔다. 봉화대를 설치해 동오군이 들어와도 아무 걱정 없다는 보고까지 들어와 유비는 안심해도 될 상황이었다.

"요즘만 같으면 걱정이 없겠다."

그런데 언젠가부터 왠지 모를 불안감에 시달렸다. 잠을 자는데 온통 몸이 떨리고 진정이 되지 않았다. 잠이 오지 않아 촛불을 밝히고 글을 읽다가 깜빡 잠이 들었을 때였다. 바람에 촛불이 일렁이며 꺼지려다 다시 환해졌을 때 잠이 깨어 고개를 드니 사람의 형체가 어른거렸다.

"그대는 누구인데 내실에 들어왔는가?"

그 사람은 대답이 없었다. 유비가 일어나 형체를 보니 관우의 모습이었는데, 그가 더 어두운 쪽으로 몸을 피하는 것이 아닌가.

"아우는 그간 별고 없었느냐? 이 밤에 찾아온 걸 보니 무슨 일이 있나 본데 왜 몸을 피하느냐?"

관우가 흐느끼며 말했다.

"형님, 억울합니다! 부디 군사를 일으켜 원한을 갚아 주십시오!"

그때 찬 바람과 함께 홀연히 관우의 형체가 사라졌다.

"아우! 아우!"

유비가 놀라서 눈을 떠 보니 선잠 중에 한바탕 꾼 꿈이었다. 삼경을 알리는 북소리가 울렸다. 유비가 불안한 마음에 제갈공명을 불러 꿈 이야기를 전하자, 그가 어두운 얼굴로 위로했다.

"관공을 너무 걱정하셔서 그런 꿈을 꾸셨나 봅니다. 아무 일 없을 테니 염려 놓으십시오."

제갈공명의 위로에도 유비는 평정심을 찾을 수 없었다. 유비의 마음을 풀어 주고 달랜 뒤 제갈공명이 밖으로 나와 중문을 지날 때 허정이 허둥거리며 달려왔다.

"이 깊은 밤에 어인 일이오?"

"보고드릴 기밀 사항이 있어서 달려왔습니다."

"뭔지 말해 보시오."

"들리는 소문에 의하면 여몽이 형주를 점령했다 합니다. 관공은 해를 당해 이미 이 세상 사람이 아니라고 하더군요."

"아, 이런……."

제갈공명은 매일 천문을 살펴 얼마 전 별 하나가 떨어진 것을 알고 있었다.

"내가 봤던 그 장군성이 관우의 죽음이었구려. 주상을 위로하면서도 확실하게 말씀드리지 못했소."

그때 대전 안에서 유비가 달려 나와 황망한 얼굴로 물었다.

"그런 흉한 소식을 왜 내게 알리지 않은 거요?"

"대왕이시여, 지금 한 말들은 모두 소문입니다. 마음을 굳게 잡수십시오. 확인해 보아야 합니다.

"아니오. 관우와 나는 죽고 살기를 같이하기로 했소. 만일 관우가 죽었다면 나도 살 수 없소."

"소문일 뿐이니 확인해 보겠습니다. 고정하십시오."

제갈공명과 허정이 유비를 달래는데 마량과 이적이 달려와 관우의 표문을 바쳤다.

"주공, 형주를 잃었답니다. 관공께서 패배해 구원병을 청하셨습니다. 어서 원군을 보내 주십시오!"

유비는 관우의 표문을 읽으며 부들부들 떨었다. 불길한 예감이 들어맞은 것이다. 그때 다른 신하가 들어와 알렸다.

"형주에서 요화가 도착했습니다."

"어서 들라 해라!"

요화는 들어오자마자 땅바닥에 엎드려 울면서 보고했다.

"관공께서 맥성에서 고립돼 유봉과 맹달에게 구원을 청했지만 그들이 구원병을 보내지 않았습니다."

유비는 정신이 혼미해졌다.

"그럼 내 아우가……. 죽었구나, 내 아우가!"

유비가 외마디 비명을 지르며 쓰러져 정신을 잃고 말았다. 겨우 정신을 차렸다가도 울다가 다시 쓰러져 통곡하기를 반복했다. 문무관원들이 손을 써서 간신히 응급처치를 했다. 제갈공명이 유비를 위로했다.

"주상께서는 너무 상심하지 마십시오. 죽고 사는 것은 하늘에 달려 있지 않습니까? 관운장이 그간 너무 강직하고 자긍심이 높아 이렇게 화를 입었습니다. 부디 옥체를 보존하셔야 합니다."

유비는 옛일을 돌이키며 울먹였다.

"오래전 관우, 장비와 함께 도원에서 결의할 때 우리가 한 약속이 있었소. 생사를 같이하기로 했는데 이제 관우가 죽었으니 내가 무슨 낯으로 부귀영화를 누린단 말이오?"

유비가 한탄하는데 관우의 아들 관흥이 아버지의 소식을 듣고 울면서 들어왔다.

"으흐흑, 대왕이시여!"

"너는 관흥이 아니냐?"

유비는 관흥을 부여잡고 다시 슬픔이 북받쳐 울다가 정신을 잃었다.

유비는 그렇게 사나흘 동안 물 한 모금 못 먹었다. 옷깃에 눈물이 마를 새가 없었고, 급기야 피눈물까지 쏟고 말았다.

"내 맹세코 동오와는 한 하늘 아래 살지 않으리라!"

유비가 겨우 정신을 차리자 제갈공명이 위나라의 상황을 보고했다.

"소문에 의하면 동오의 손권이 관공의 수급을 조조에게 바쳤다고 합니다."

"조조에게? 조조가 꽤나 좋아했겠구려."

유비가 이를 갈자 제갈공명이 고개를 저었다.

"아닙니다. 왕후의 예로 후하게 장사를 치러 주었답니다."

"조조가 어찌하여 그랬단 말이오?"

"관공의 목을 벤 동오가 우리의 보복을 두려워해 그 화살을 조조에게 돌리려 간계를 부린 것 같습니다. 하나 그런 꾀에 속을 조조가 아니지요. 동오의 속셈을 알아채고 오히려 후하게 장례를 치러 주상의 원한을 동오로 되돌린 것입니다."

"내 당장 군사를 일으켜 원수를 갚겠소! 동오로 쳐들어갈 것이오!"

"안 됩니다. 지금 동오는 우리가 위를 치기를 바라고, 위 또한 우리가 동오를 치기를 바라면서 서로 간특한 계책을 품고 있습니다. 이럴 때 움직이면 어느 것도 적을 돕는 꼴이 됩니다."

"그러면 어쩌란 말이오? 내 동생이 죽지 않았소?"

"이럴 때 오히려 관공의 장례식을 잘 치르시고, 동오와 위가 불화할 때를 기다려 그 틈에 군사를 일으켜야 합니다."

모든 관원들이 제갈공명의 의견에 찬성했다. 유비도 어쩔 수 없이 그 의견에 따라 상복을 입고 조상을 하도록 명했다. 그리고 남문 밖으로 나가 관우의 혼을 부르는 초혼제를 지내며 온종일 통곡했다.

한편 낙양에 있던 조조는 관우의 장례를 후하게 치렀지만 관우가 너

무나 생생하게 눈을 부릅뜨고 자신을 노려본 것이 두려워 어쩔 줄을 몰
랐다. 밤마다 눈만 감으면 관우의 원혼이 보이는 것 같았다.

"내가 관우의 혼령에게 시달리고 있다. 어찌하면 좋겠느냐?"

관원들이 말했다.

"이곳 낙양 행궁은 예부터 요사스러운 일이 많았습니다. 새로운 전각
을 지어 옮기시는 것이 어떻겠습니까?"

"좋다. 새롭게 출발한다는 뜻에서 전각을 지어 건시전이라 이름했으
면 좋겠다. 하지만 좋은 목수가 없는 것이 한이로구나."

가후가 옆에서 말했다.

"낙양에 소월이라는 목수가 있습니다. 그의 재주가 가히 하늘의 솜씨
라 이를 만합니다."

조조가 지체 없이 소월을 불러들였고, 소월은 설계도를 만들어 바쳤
다. 설계도를 본 조조가 크게 기뻐했다.

"설계도가 내 생각과 같구나. 그런데 이렇게 큰 전각에 쓸 기둥과 대
들보가 있겠느냐?"

소월이 말했다.

"대왕이시여, 목수는 자기가 쓸 나무를 생각하고 집을 짓는 법입니다.
낙양성 밖 삼십 리 떨어진 곳에 약룡담이라는 연못이 있습니다. 그 앞에
약룡사라는 사당이 있고, 사당 부근에 오래된 배나무가 한 그루 있습니
다. 높이가 사람 키의 열 배가 넘으니 건시전의 대들보가 될 만한 나무
입니다."

"오, 그런 나무가 있었군. 여봐라, 당장 가서 나무를 베어 오너라!"

조조의 명에 따라 일꾼들이 약룡사에 가서 거대한 나무를 베려 톱질을 했다. 그러나 그 나무는 신목이었다. 아무리 톱질을 해도 베어지지 않고 도끼로 찍어도 날이 들어가지 않았다.

일꾼들이 궁으로 돌아와 나무가 베어지지 않는다고 고하자 조조는 도무지 믿을 수가 없었다.

"미물인 나무까지 나를 비웃는단 말이냐? 내가 직접 가겠다."

조조가 직접 현장에 가서 나무를 올려다보았다. 우뚝 솟은 나무는 마치 거대한 일산을 펼쳐 놓은 것 같고, 꼭대기는 구름에 닿을 듯 위용을 자랑했다. 굽은 데 하나 없이 꼿꼿한 나무였다.

"나무를 베어라!"

그때 고을 노인들이 다가와 엎드렸다.

"대왕, 이 나무는 수백 년 된 고목입니다. 나무 꼭대기에 신선이 살고 있습니다. 베지 말아 주십시오. 후환이 두렵습니다."

조조가 버럭 화를 냈다.

"뭣이? 내 평생 천하를 누비고 다닌 사람이다. 위로는 황제부터 아래로 백성들과 개돼지까지 나를 두려워하지 않는 자가 없는데, 어디 요망한 귀신 따위가 내 뜻을 거스른단 말이냐? 비켜라!"

조조가 보검을 들어 나무를 찍었다. 쨍 소리와 함께 나무에서 피가 뿜어져 나와 조조의 온몸에 튀었다.

"이크!"

조조가 화들짝 놀라 칼을 내던지고 그길로 궁궐로 돌아왔다.

그날 밤 이경 무렵, 조조는 가슴이 벌렁거리고 정신이 어지러워 책상

에 기댄 채 깜빡 잠이 들었다. 그때 머리를 산발하고 검은 옷을 입은 자가 칼을 들고 나타나 조조를 가리키며 꾸짖었다.

"나는 배나무의 신이다. 네놈이 건시전을 짓겠다는 것은 새로 나라를 열고 황제가 되겠다는 뜻 아니냐? 그러면서 나를 베려고까지 했으니 네 운수가 다했다. 너는 이제 죽어야 한다."

깜짝 놀란 조조가 소리쳤다.

"여봐라, 무사들은 어디 있느냐?"

무사들이 오기도 전에 검은 옷을 입은 귀신이 조조를 향해 칼을 내리쳤다.

"아악!"

조조가 비명을 지르며 꿈에서 깨어났다. 꿈인 것을 알고 안도했지만 머리가 지끈지끈 아프고 놀란 것이 안정되지 않았다. 급히 의원들을 불렀지만 어느 의원도 조조의 증세를 잡지 못했다. 침을 놓고 약을 달여 먹어도 머리는 더욱 아프기만 했다. 관원들이 이러다 죽는 게 아닌가 싶어 걱정할 때 화흠이 들어와 화타를 소개했다.

"대왕, 신의라고 하는 화타 얘기를 들어 보셨습니까?"

"강동에서 주태를 치료한 자 아니더냐?"

"맞습니다."

"관우까지 치료했다고 들었다. 이름은 들었지만 의술이 과연 믿을 만하더냐?"

"화타는 원래 패나라 초군 사람으로 의술이 신묘해 따라갈 자가 없다 했습니다."

신의라 불린 화타는 당시로서는 상상할 수 없는 놀라운 의술을 가지고 있었다. 그는 환자에 맞춰 약을 쓰거나 침을 놓고 뜸을 떴다. 이미 '체질'을 알았던 것이다. 게다가 외과 수술까지 자유롭게 구사했다. 장기가 손상되면 마취해 칼로 배를 가른 뒤 환부를 도려내고 봉합하는 기술까지 가지고 있었다. 당시 의사들에게는 신묘한 의술이 아닐 수 없었다.

화타에 대한 신화 같은 이야기는 숱하게 많았다. 특히 화타는 기생충에 감염된 사람을 치료하는 데도 탁월한 능력을 보였다. 음식을 먹었을 때 소화되지 않는 사람에게 마늘즙 석 되를 먹여 뱃속 기생충이 기어 나오게 했다는 이야기라든지, 물고기를 먹어 기생충에 감염된 자들이 먹은 것을 다 토해 내게 하여 병을 치료한 이야기들은 유명했다.

조조는 당장 사람을 보내 화타를 불렀다.

궁에 들어온 화타는 조조를 진맥하고 살펴본 후 말했다.

"대왕의 두통은 풍 때문에 생겼습니다. 한데 그 뿌리가 이미 뇌에 박혀 탕약으로는 다스릴 수 없습니다. 다만 한 가지 방법이 있는데 그 방법은 따르기가 무척이나 어렵습니다."

"무엇이냐? 말해 보아라."

"대왕께서 마폐탕을 드시면 제가 날선 도끼로 두개골을 열겠습니다. 그 안에 있는 풍연을 씻어 내면 병의 뿌리를 제거할 수 있습니다."

요즘 의학으로 치면 뇌 손상이 있는 부분을 수술을 통해 제거하겠다는 것이었다. 조조가 버럭 화를 냈다.

"이놈, 네가 내 머리를 쪼개 나를 죽이겠다는 게 아니냐?"

"대왕, 관공도 저에게 수술을 받은 적이 있습니다. 뼈를 긁어 독을 제거

했는데 관공은 조금도 두려워하지 않았습니다. 대왕께서는 어찌하여 저를 의심하십니까? 이런 작은 병에도 의심하시니 참으로 난감하옵니다."

"그까짓 팔뚝이야 아프면 뼈를 깎을 수 있다지만 어찌 두개골을 쪼갠단 말이냐? 네놈이 관우와의 친분을 이유로 나를 죽여 원수를 갚으려는 것 아니더냐? 여봐라, 이놈을 당장 옥에 가두고 문초해 속셈이 무엇인지 밝혀내도록 하라!"

그러자 가후가 말렸다.

"대왕, 참으십시오. 이런 명의는 다시 만나기 어렵습니다."

"허튼소리 마라! 이자는 병을 고친다는 핑계로 나를 해치려는 것이다. 옛날에 길평이라는 의원 놈도 그랬지."

길평의 일로 조조는 의원을 더욱 믿지 않게 되었다. 그들이 나쁜 마음을 먹으면 자기가 어떻게 되는지 잘 알기 때문이다. 조조의 명령에 화타는 옥에 갇히고 말았다.

그런데 옥졸 가운데 오씨 성을 가진 자가 있었다. 그는 평소에 존경하는 화타가 투옥되었다는 말을 듣고 그를 찾아 극진히 대접했다. 덕분에 화타는 감옥에서 후한 대접을 받았다. 화타가 감동해 말했다.

"나는 죽을 몸이지만 내가 죽으면 내 의술이 사장되는 게 한스러울 따름이네. 이럴 때를 대비해 내 의술을 소상히 기록한 책이 있다네.《청낭서》라는 책인데, 내가 편지를 써 줄 테니 우리 집에 가서 그 책을 달라고 하게. 그대가 그 책을 공부해 세상에 의술을 전해 주면 좋겠네."

옥졸은 크게 기뻐했다.

"선생님, 제가 그 책을 공부해 온 세상의 병든 이들을 치료해 선생님의 덕을 널리 알리겠습니다."

화타는 옥졸에게 편지를 써 주었다. 옥졸은 화타의 집을 찾아가《청낭서》를 받아 소중히 간직했다. 얼마 뒤 화타는 옥중에서 세상을 떠났다. 옥졸은 정성껏 화타의 장사를 지낸 다음 옥졸 직을 내놓고《청낭서》를 공부하려고 집으로 돌아왔다.

"의원이 되어 수많은 사람을 구할 것이야. 선생님의 비결이 내게 있으니 명의가 되는 건 떼어 놓은 당상이야."

옥졸은 기뻐하며 집으로 들어섰다. 그런데 그의 아내가 아궁이 앞에서 무언가를 태우고 있는 것이 아닌가.

"여보, 무얼 하고 있소?"

아내는 쳐다보지도 않고 황급히 부엌 바닥에 있는 불쏘시개를 아궁이로 밀어 넣었다.

"여보, 그 책은……."

놀랍게도 아내는 대나무에 써서 엮은《청낭서》를 갈기갈기 뜯어 아궁이에 집어넣는 중이었다. 마른 죽간은 화력 좋게 잘도 타올랐다.

"이게 무슨 짓이오?"

옥졸은 버럭 소리를 지르며 타고 있는 죽간을 아궁이에서 끄집어냈다. 하지만 남은 죽간은 몇 쪽 되지 않았다.

"내가 화타 선생처럼 명의가 되면 당신을 호강시켜 주려 했는데 왜 이런 짓을 한 거요?"

아내가 차갑게 대꾸했다.

"화타처럼 신묘한 의술이 있으면 뭐 해요? 결국 옥에 갇혀 죽는 일밖에 더 있어요? 그럴 바엔 차라리 책을 태워 버리는 게 낫다고요."

옥졸은 그 자리에 털썩 주저앉았다. 어이없게도 명의의 비결은 영원히 사라지고 말았다. 남은 조각을 살펴보니 닭이나 돼지를 거세해 살찌게 만드는 하찮은 기법뿐이었다. 이 기법은 지금까지 전해 내려오고 있다. 후세 사람들은 명의 화타를 높이 찬양했지만 신묘한 의술이 전해지지 않은 것을 두고두고 아쉬워했다.

조조의 병세는 점점 더 나빠졌다. 여기에 오와 촉 사이에서 긴장의 끈을 늦출 수 없으니 병세가 좋아질 리 없었다.

그때 손권이 보낸 서신이 도착했다.

신 손권은 천명이 주상께 돌아가 있음을 이미 알고 있습니다.

엎드려 바라오니, 어서 대위에 오르시고 군사를 일으켜 촉을 멸하고 양천을 평정하십시오. 그리되면 저는 문무 신료들을 거느리고 땅을 바쳐 항복하겠나이다.

한마디로 조조에게 황제에 올라 촉을 치면 자기가 신하로 들어오겠다고 한 것이다. 손권은 유비가 쳐들어올 것이 두려워 하루빨리 조조가 황제에 올라 대신 싸워 주길 바라는 계책을 썼다.

편지를 읽고 난 조조가 웃으며 말했다.

"어린놈이 나를 화롯불 위에 앉히려 하는구나."

이 말은 두 가지 뜻을 품고 있었다. 오행에서 보면 한나라는 화덕에 해당하는 나라여서 불 위에 앉는 것은 황제가 됨을 뜻한다. 동시에 당시 조조는 신하인데도 너무 큰 권력을 휘둘러 주변의 반발이 컸으므로 황제가 되면 결국 위험에 처할 것이라는 비유이기도 했다. 그러니까 위험을 무릅쓰고 황제에 오를 마음이 없다는 것을 표현한 말이다.

그러자 시중 진군이 아뢰었다.

"대왕이시여, 한나라 황실은 쇠했습니다. 주공의 공덕이 높아 천하의 백성들이 우러르지 않습니까? 손권도 신하가 되겠다고 하니 황제에 오르시는 것이 마땅한 도리라고 생각합니다. 하늘의 뜻에 응하고 백성들의 마음을 따르시지요."

"아니다. 내가 여러 해 동안 한나라를 섬겨 백성들에게 공덕이 미쳤다고 하지만, 나는 이미 왕이 되었고 명예와 벼슬이 더없이 높아졌다. 나는 더 바랄 게 없다. 천명이 있다면 주나라 문왕처럼 되고 싶다."

이때 사마의가 꾀를 냈다.

"손권이 신하가 되어 대왕을 따르겠다 했습니다. 그 말이 헛소리가 아님을 증명하게 하시지요."

"어떻게 하면 되겠는가?"

"벼슬을 내리고 유비를 치라 하십시오."

"역시 중달의 지략은 남다른 데가 있어. 그대로 시행하겠다."

조조는 황제에게 표문을 올렸다. 손권을 표기장군 남창후에 봉한 뒤 형주까지 맡아 다스리도록 공식적으로 인정했다. 그러고는 유비를 치라는 칙서를 내렸다.

그 후에도 조조의 병세는 호전되지 않았다. 밤마다 자신이 죽인 사람들이 귀신 형상으로 나타나 그를 괴롭혔다. 복 황후와 복 황후의 아버지

복완, 동 귀인과 동 귀인의 아버지 동승 등 이십여 명의 충신이 피투성이가 되어 음산한 구름 속을 떠돌았다. 그럴 때마다 조조는 칼을 휘두르며 미친 사람처럼 고함을 지르곤 했다.

"네 이놈, 동승! 네놈이 감히 나를 해치려 드느냐?"

의원이 간신히 정신을 돌려놓으면 다음 날 또다시 귀신에 시달리는 일이 반복되었다. 주위 신하들은 도사들을 불러 제를 올리고 기도를 하라고 했지만 조조는 받아들이지 않았다.

"다 부질없다."

조조는 천명이 다했다는 것을 인정하지 않을 수 없었다. 점점 기가 차오르고 숨이 막혀 앞이 안 보이게 되자 하후돈을 불렀다. 하후돈은 조조의 명을 받고 올라오다 자신이 죽인 복 황후와 동 귀인, 두 황자와 복안, 동승 등이 구름 속에 떠도는 것을 보고 놀라 정신을 잃고 쓰러졌다. 부하들이 부축해 옮겼지만 하후돈은 그길로 병이 들어 자리에서 일어나지 못했다.

조조는 자신의 죽음을 예감하고 조홍, 진군, 가후, 사마의 등을 불러 후사를 부탁했다.

"내가 더는 못 살 것 같으니 후사를 정해야겠다."

"대왕께서는 옥체를 보중하소서. 반드시 쾌차하실 것입니다."

"아니다. 내가 삼십 년간 수많은 영웅들을 멸하고 이제 남은 자가 강동의 손권과 서촉의 유비, 단둘이다. 병세가 위중해 이들까지 정리할 수가 없구나. 집안일을 부탁한다. 나에게 비와 창과 식과 웅, 아들 넷이 있다. 평소에 사랑하는 아들 셋째 식은 허황하고 술을 좋아해 방종하니 세자가 되기 어렵다. 둘째 창은 용맹하지만 지혜가 부족하다. 넷째 웅이는 잔병치레가 잦아 건강을 보존하기 어렵다. 맏아들 비만이 독실하고 공손하며 조심성이 있다. 대업을 이을 만하니 그대들이 비를 잘 도와주기 바라노라."

신하들이 눈물을 흘리며 명을 받고 물러났다. 조조는 평소에 향을 모으는 취미가 있었다. 그 향을 다 가져오게 하여 시녀들에게 나누어 주고 말했다.

"내가 죽은 뒤 너희들은 부지런히 바느질을 익혀 비단신이라도 만들어 팔아라. 그러면 스스로 능히 살아갈 길이 있을 것이다."

조조는 시녀들에게 앞으로 살아갈 방도를 알려 주었다. 그리고 첩들도 불러 유언을 남겼다.

"너희들은 동작대에서 살면서 날마다 내 제사를 지내 다오. 기녀에게 음악을 연주토록 하고 항상 상식을 올려라."

조조는 말을 하면서도 자신이 죽으면 원한을 산 사람들에 의해 무덤이 파헤쳐지지 않을까 두려워 달리 유언을 남겼다.

"창덕부 강무성 밖에 가짜 무덤 일흔두 개를 만들어 내가 어느 무덤에 묻혔는지 모르게 하라. 내 무덤을 누가 파헤칠까 걱정이구나."

유언을 마친 조조는 눈물을 흘리며 탄식하다 마침내 숨을 거두었다. 그의 나이 예순여섯, 건안 25년(220) 정월이었다. 북방을 통일한 위대한 간웅은 그렇게 역사 저편으로 사라졌다.[†]

문무백관은 조조의 죽음을 애통해하며 장례 준비를 했다.

"아버님, 소자는 어찌하라고 이리 황망히 가십니까? 으흐흐흑!"

조조의 주검은 염해서 금관 은곽에 모셔 밤낮을 쉬지 않고 업군을 향해 움직였다. 조비는 대성통곡하며 관원을 거느리고 업성 십 리 밖까지 나왔다. 조비가 아버지의 영구를 받아들여 모시고 편전으로 들어가자 모든 관료들이 상복을 입고 통곡했다.

사마부가 조비에게 말했다.

"세자께서는 슬픔을 거두시고 추후 이 나라를 어찌 이끌지 궁리하소서."

그러자 병부상서 진교도 나섰다.

"왕께서 승하하셨으니 왕자들이 저마다 왕위에 오르려고 변을 일으키면 사직이 위태롭습니다."

그는 곧바로 칼을 들어 도포의 소매를 베어 보이며 외쳤다.

"지금 당장 세자를 왕위에 오르도록 할 터이니 딴소리하는 자는 이 도포 자락 신세가 될 것이오."

신하들이 당황해 웅성거리는데 화흠이 다급하게 달려왔다.

관원들이 놀라 화흠에게 물었다.

"무슨 일로 허도에서 이리 급하게 오셨소?"

여기서 잠깐!!

조조는 능력 위주의 인재 발굴을 했어. 재주만 있으면 누구나 받아들였지. 심지어 적도 자신의 사람으로 만들고 싶어 했지. 관우에게 그토록 공을 들인 것도 그렇고, 처음 본 하찮은 신분의 관우에게 화웅과 싸울 기회를 준 것만 봐도 잘 알 수 있단다. 그래서 조조 밑으로 수많은 인재들이 몰려들었고, 조조는 그들의 능력을 이용해 북방을 통일할 수 있었던 거야.

"위왕께서 승하하시지 않았소. 천하가 동요하기 전에 서둘러 세자께서 왕위를 계승하도록 해야 할 것이오."

"아직 황제의 명을 못 받았습니다. 황후 변씨의 분부를 받들어 세자를 세울까 합니다."

그러자 화흠이 조서를 꺼냈다.

"내가 이미 황제께 품하여 조서를 받아 왔으니 걱정 마시오!"

이는 조조가 미리 화흠에게 일러 둔 것이었다. 자기가 죽거든 즉시 황제에게 조서를 받도록 대비해 혼란기를 두지 않으려는 생각이었다. 화흠의 말을 듣고 문무백관이 모두 기뻐하며 칭찬했다.

원래 화흠은 조조에게 아첨과 아부를 일삼던 인물이었다. 그런 그가 기회를 놓치지 않고 '조비를 왕으로 삼고 승상이자 기주 목사에 봉한다.'는 내용의 조서를 꾸며 헌제에게 승인하도록 강요한 것이다. 조조의 모든 벼슬을 아들 조비가 물려받은 셈이다.

조비는 왕위에 올라 절을 받고 축하연을 베풀었다. 한창 잔치가 무르익었을 때 언릉후로 봉해진 동생 조창이 장안에서 십만 대군을 거느리고 오고 있다는 보고가 들어왔다. 조창은 조조의 아들 가운데 무예가 가장 뛰어났기에 조비가 깜짝 놀라 신하들에게 물었다.

"노란 수염쟁이는 성정이 거친데 무예까지 능통하다. 군사까지 끌고 왔으니 어떡하면 좋겠는가?"

그러자 밑에서 한 사람이 나섰다.

"신이 언릉후를 만나 생각이 잘못됐다는 것을 납득시키겠습니다."

신하들이 고개를 돌려 보니 간의대부 가규였다.

"오, 대부라면 가능하겠소. 가서 부디 동생을 설득시켜 주시오."

가규가 성 밖으로 나가 조창을 예로써 맞이하자 조창이 물었다.

"선왕의 옥새는 어디 있소?"

가규가 정색하고 말했다.

"왕자께서는 잘 들으시오. 집안에는 장자가 있고 나라에는 세자가 있소이다. 선왕의 옥새는 장자 아닌 군후께서 상관하실 일이 아닙니다."

조창은 더 입을 열지 않았다. 궁문 앞에 이르자 가규가 물었다.

"군후는 이번에 상을 당해 집으로 돌아온 것이오? 아니면 왕위를 다투려고 오신 것이오?"

"나는 아버님을 뵈러 왔을 뿐이오."

"그렇다면 어찌하여 군사를 끌고 오셨소?"

그러자 조창이 비로소 장수들을 물리친 뒤 혼자 입궐했다.

조비와 조창, 두 형제는 서로 끌어안고 대성통곡했다. 이어 조창은 자신의 군마를 모두 조비에게 바쳤다. 반역하지 않겠다는 뜻이었다.

조비가 말했다.

"동생은 어서 언릉으로 가서 성을 지켜라! 아버님께서도 그것을 원하실 것이야."

"명을 받들겠습니다!"

조창은 선 굵고 화끈한 무장답게 다시 군사를 거느리고 언릉으로 돌아갔다.

마침내 조비가 왕위를 계승해 건안 25년(220)에 연강 원년을 열었다. 그는 가후를 태위로 삼고, 화흠을 상국, 왕랑을 어사대부로 삼았다.

왕이 죽으면 후왕은 선왕의 시호를 정해야 했다. 무력으로 나라를 일으킨 조조에게 가장 어울리는 시호는 무왕(武王)이었다. 조비는 업군의 고릉에 조조를 장사 지낸 뒤 우금에게 능을 지키도록 했다. 우금이 명을 받아 고릉으로 가서 무덤을 들여다보았다. 왕의 무덤이기에 벽에는 회칠을 하여 살아 있을 때 이루었던 업적을 벽화로 남겨 놓았다. 거기에는 관운장이 칠군을 강물로 무찔러 우금을 사로잡은 그림도 그려져 있었다. 관우가 상좌에 앉아 있고 우금이 엎드려 벌벌 기는 모습이 생생하게 묘사되었다. 조비가 우금을 비굴하게 여겨 그리게 한 벽화였다. 적에게 투항했다가 포로로 잡혀 연명하다 살아 돌아온 것을 비굴하게 본 것이다. 그것을 본 우금은 수치스럽고 부끄러웠다. 그 때문에 마음의 병을 얻어 얼마 안 가 죽고 말았다.

그 무렵 화흠이 왕권을 강화하기 위해 조비에게 말했다.

"형제 가운데 언릉후는 군마를 내놓고 돌아갔으니 됐습니다. 그런데 임치후인 조식과 소회후인 조웅은 문상조차 오지 않았습니다. 마땅히 문죄해야 할 일입니다."

"사자를 보내라!"

조비가 조식과 조웅에게 각각 죄를 묻는 사자를 보냈다.

얼마 뒤 소회후 조웅을 찾아갔던 사자가 돌아와 비보를 전했다.

"소회후가 죄를 두려워해 스스로 목을 매어 죽었습니다."

조비는 마음이 썩 좋지 않았다.

"성대하게 장례를 치러 주어라."

막내아우 조웅은 병약한 체질을 이기지 못하고 죽은 것이다. 조비는 그를 소회왕으로 추증했다.

얼마 뒤에는 임치후 조식을 찾아갔던 사자가 돌아왔다.

"어찌 되었느냐?"

"임치후는 제가 갔을 때 술에 취해 무례하기 이를 데 없었습니다. 신이 왕명을 가져왔다고 하는데도 한 발짝도 움직이지 않았습니다."

"내가 죄를 묻더라고 했느냐?"

"예, 그랬더니 이렇게 말했습니다. '선왕께서 세상을 떠나신 지 얼마 되지도 않았는데 골육 간에 죄를 묻는단 말이냐?' 그러면서 신을 꾸짖었습니다. 그러자 옆에 있던 간신들이 자기들의 주공은 왕이 될 만큼 총명한데 그리되지 못했다면서 인재를 알아보지 못한다고 조정의 신하들을 비웃었습니다."

"뭣이라?"

"그리고 저를 몽둥이질해 쫓아냈습니다."

화가 치민 조비가 허저에게 명령했다.

"그대는 당장 조식과 그 일당을 잡아 와라!"

허저가 호위군을 이끌고 임치성에 도착해 닥치는 대로 베어 쓰러뜨린 뒤 성안으로 들어갔다. 그 서슬에 감히 어느 누구도 막아서지 못했다. 관부에 들어가자 아직까지도 술판을 벌인 조식과 정의, 정이가 취해 널브러져 있었다.

"저자들을 모두 묶어라!"

허저가 그들을 수레에 태운 뒤 관리들과 함께 업군으로 연행했다.

조식을 본 조비가 당장 명령을 내렸다.

"정의, 정이는 물론 임치후의 수하 관리들을 모두 참하라!"

정의와 정이는 태군 사람으로 당시에 글솜씨로 유명했지만 임치후를 잘못 모신 죄로 죽음을 맞았다.

조비의 어머니 변씨는 막내아들 조웅이 죽었다는 말을 듣고 크게 상심해 슬픔에 빠져 있었다. 그런데 조식마저 잡혀 오고 주변 신하들의 목이 달아났다는 것을 알고 화들짝 놀랐다. 변씨는 당장 정전으로 달려와 아들 조비를 찾았다. 조비가 일어나 절을 올리자 변씨가 통곡하며 부탁했다.

"네 아우가 술을 좋아하고 말을 함부로 하는 것은 재주를 믿고 까부는 것이 아니더냐? 한 핏줄이니 제발 죽이지 말고 살려 다오. 그래야 내가 죽더라도 눈을 감는다."

"어머니, 저도 아우의 재주를 귀하게 여깁니다. 버릇이 없어 좀 가르치려는 것이니 걱정 마십시오."

"그렇다면 다행이다. 제발 죽이지만 말아 다오."

변씨가 눈물을 흘리며 돌아가자 안으로 들어온 화흠이 물었다.

"태후께서 조식의 목숨을 살려 달라 하신 것이지요?"

"그렇다네."

"조식은 재주가 있고 지혜가 출중합니다. 결코 이무기로 남을 위인이 아닙니다. 지금 없애지 않으면 후환이 있을 것입니다."

"하지만 어머니께서 저리 부탁하시는데 나 몰라라 할 수도 없지 않느냐?"

"저에게 꾀가 있습니다."

"무슨 꾀인가?"

"일단 시험을 해보시지요. 조식은 입만 열면 아름다운 문장이 줄줄 나온다고 하던데 저는 아직 믿지 못하겠습니다. 그러니 이번에 재주를 시험해 보시지요. 문장을 만들면 살려 주시고, 그렇지 않으면 무거운 죄로 다스리시는 게 어떻겠습니까?"

"그거 좋은 생각이다."

조금 뒤 조식이 끌려와 엎드려 죄를 청했다.

"제가 잘못했습니다. 살려 주십시오. 술에 취해 못난 짓을 했습니다."

"아우야, 너와 나는 정으로 말하면 형과 동생이지만 의리로 따지면 임금과 신하인데 어찌하여 재주만 믿고 제멋대로 굴었느냐? 나는 그동안 네가 지었다는 뛰어나다는 글들을 믿을 수가 없다. 다른 사람이 써준 게 아닌지 의심해 왔다. 내가 너를 살려 줄지 말지는 네 재주에 달렸다. 일곱 걸음을 걷는 동안 시를 한 수 읊는다면 죽음을 면할 것이다. 하지만 그렇지 않으면 무거운 죄로 다스리고 용서하지 않겠다."

"형님, 시제를 주십시오. 해보겠습니다."

그때 정전에 그림이 한 점 걸려 있었다. 두 마리 소가 토담 아래에서 다투다 한 마리가 우물에 빠져 죽은 모습을 그린 수묵화였다. 조비가 그림을 가리키며 말했다.

"저 그림을 시제로 삼아라. 하지만 저 그림을 있는 그대로 묘사해서는 안 된다."

조식이 걸음을 떼며 시를 읊었다.

고깃덩이 두 개가 길을 가는데

머리 위에는 뿔이 솟아 있도다

흙더미 아래에서 서로 만나

갑자기 다툼이 일어나누나

둘 다 강할 수는 없는 법이라

한 고깃덩이는 토굴에 빠져 버렸네

힘이 없어 그런 게 아니라

성한 기운을 다 쏟지 못함이로다

　조비를 비롯한 주위 신하들이 깜짝 놀랐다. 조식의 탁월한 재주가 여실히 드러났기 때문이다. 하지만 조비는 트집을 잡았다.

　"일곱 걸음을 걸으며 시를 지었지만 천천히 생각하며 움직였다. 내 말이 떨어지기 무섭게 지을 수 있겠느냐?"

　"시제를 주십시오."

　"너와 나는 형제간이다. 그러니 형제지간을 제목으로 하되 형제라는 글자를 쓰지 않고 지어 보아라."

　조식은 즉시 시†를 읊었다.

콩을 삶는데 콩깍지로 불을 때네

가마솥에서 콩이 눈물을 흘리네

원래 한 뿌리에서 생겨났는데

어찌하여 이렇게 볶아 대는가

조식은 형제간을 콩에 빗대어 표현했다. 시를 들은 조비는 자기도 모르게 눈물을 흘렸다. 그때 어머니 변씨가 다시 나왔다.

"형이 되어 어찌 이리 동생을 핍박하시오?"

조비가 일어나 예를 갖추었다.

"어머니, 국법을 어길 수는 없습니다."

"왕께서 살려 줄 수는 있지 않소?"

결국 조비는 조식을 죽이지 못하고 벼슬을 깎아 안향후로 봉했다. 조식은 하직하고 떠났다. 예로부터 부자간에는 애정이 돈독해야 하고, 형제간에는 화목하고, 부부간에는 서로 화합해야 집안에 복이 들고 풍요로워진다고 했다. 아우들을 궁지로 몰아넣으며 권력을 강화한 조비의 행동이 나중에 어떤 식으로 돌아올지 지켜볼 일이다.

조비는 왕위를 계승한 뒤 법령을 고치고 아비인 조조보다 더욱 심하게 위세를 부리며 황제를 핍박했다. 그런 소문은 성도까지 퍼졌다. 한중왕 유비는 소문을 듣고 크게 놀라 관원들에게 말했다.

"조조가 죽은 뒤 나라가 편안해질 줄 알았더니 조비가 왕위를 계승해 황제를 더욱 핍박

여기서 잠깐!!

조식이 지은 이 절묘한 시는 과연 그가 지은 게 맞을까? 결론부터 말하면 허구야. 당시 삼국 시대에는 이런 형식의 오언 절구가 나타나지 않았어. 다시 말해 후세 사람들이 당시 유행하던 시의 형식을 글에 집어넣은 거지. 남조 시대의 시를 집어넣어 극적 효과를 높인 거란다.

하고 있소. 어디 그뿐이오. 손권은 신하를 자처한다며 납작 엎드려 있소. 이참에 동오를 쳐서 관우의 원수를 갚고 중원으로 들어가 난적을 소탕했으면 하오."†

요화가 나서서 엎드려 울었다.

"대왕, 그전에 먼저 하실 일이 있습니다."

"무엇을 먼저 하라는 것이냐?"

"관공 부자가 돌아가신 것은 원군을 거절한 유봉과 맹달 같은 자들 때문입니다. 그자들부터 벌하셔야 합니다."

"그 말이 맞다. 당장 유봉과 맹달을 잡아들여라!"

유봉과 맹달이 군사를 보내지 않은 것은 애초에 제갈공명이 삼천 명의 군사밖에 내주지 않은 것도 한 원인이었다. 제갈공명이 나서서 계책을 달리 썼다.

"주공, 고정하소서. 이 일은 천천히 진행해야 변고가 생기지 않습니다. 유봉과 맹달이 같이 있는 동안은 똘똘 뭉쳐 위험합니다. 각자 승급시켜 떼어 놓은 뒤 사로잡는 것이 좋겠습니다."

그 말에 따라 유비는 유봉의 벼슬을 높여 면죽을 지키라는 첩지를 내렸다. 이때 팽양이 유비와 제갈공명이 하는 얘기를 듣고 맹달의 목숨이 경각에 달렸음을 알았다. 그는 맹달과 친분이 두터웠다. 팽양은 서신을 통해 맹달에게 이런 사실을 알리려 했다. 팽양의 서신을 품은 심복이 성을 빠져나가다 남문 밖을 순찰 중이던 마초의 군사들에게 붙잡혔다. 마초는 팽양의 서신을 압수해 이런 사실을 알아차렸는데, 시치미를 떼고 팽양의 집을 찾아갔다.

마초가 은근히 팽양의 속마음을 떠보았다.

"지난날에는 주상께서 그대를 후대하시더니 요즘은 영 찬밥이시오. 도무지 왜 그러는지 모르겠소."

술을 몇 잔 들이킨 팽양이 원망하는 소리를 늘어놓았다.

"노망난 늙은이는 내가 나중에 반드시 보복할 것이오."

그러자 마초도 맞장구를 쳤다.

"나 역시 원한을 품은 지 오래요."

"그게 정말이오? 그렇다면 그대가 군사를 일으켜 맹달과 함께 쳐들어오시오. 내가 서천 군사들과 함께 안에서 접응하겠소. 그러면 우리가 대사를 도모할 수 있지 않겠소?"

"좋소. 내일 다시 만나 상의하도록 합시다."

마초는 팽양의 집에서 나오자마자 궁에 들어가 유비에게 서신을 보여주고 자세한 정황을 아뢰었다.

"팽양이 배반할 준비를 하고 있었습니다."

"배신자를 그냥 둘 수는 없는 일이오."

유비는 곧바로 팽양을 잡아 옥에 가두었다. 팽양은 땅을 치고 후회했지만 이미 때는 늦었다.

여기서 잠깐!!

삼국 시대는 난세였지만 그 때문에 삶에 대한 진지한 성찰을 노래한 문학이 발달한 시기이기도 했어. 아이러니하게도 이때 문학의 발달을 이끈 사람이 삼조, 즉 조조와 조비, 조식 부자들이야. 위나라는 삼국 시대에 가장 문운이 강한 나라였어. 한마디로 문화 선진국이었던 셈이지. 조조는 평생 전쟁터에서 생활했지만 책과 글을 가까이했어. 그의 시문은 장대하고 호방했으며 질박하면서도 비장했지. 그의 아들인 조비와 조식도 조조의 유전자를 이어받았어. 맑고 고운 시가를 지은 조비와, 문체가 화려하고 기이한 시 작품을 써낸 조식이 후대에 도 평가를 받았어.

이 밖의 문인으로는 공융, 진림, 왕찬 등이 있으며 오나라에서는 장광, 설종이 유명하고, 촉에서는 제갈공명과 극정, 진복이 문인으로서 이름을 떨쳤어.

유비가 제갈공명에게 물었다.

"팽양이 모반할 속셈을 드러냈으니 어찌하면 좋겠소?"

"팽양은 군사도 없는 미치광이 선비에 불과합니다. 하지만 살려 두면 화근이 되니 없애는 것이 좋겠습니다."

결국 팽양은 옥에서 죽었다.

팽양이 옥사했다는 소식은 곧 맹달에게 전해졌다. 그때 유비가 보낸 사신이 도착해 유봉이 면죽을 지키러 떠났다. 맹달은 곧바로 상용과 방릉의 도위인 신탐, 신의 형제를 불러 의논했다.

"나는 법정과 함께 한중왕을 위해 많은 공을 세웠는데, 법정은 죽고 한중왕은 내 공을 잊고 나를 죽이려 하고 있소. 어찌면 좋겠소?"

신탐이 말했다.

"계책이 있는데 그대로 하시겠소? 그대로만 하면 유비가 공을 해치지 못하오."

"뭐요, 그 계책이?"

"우리 형제는 이미 오래전에 위나라에 투항하기로 마음먹었소. 그러니 표문을 써서 유비에게 작별을 고하고 위나라에 투항하면 조비가 중용하지 않겠소?"

"음, 좋은 생각이오."

맹달은 표문 한 통을 써서 사자에게 들려 보내고 휘하의 심복 오십여 기만 거느리고 위나라로 도망쳤다.

유비가 맹달의 표문을 펼쳤다.

신 맹달이 엎드려 생각하건대, 전하께서 천하 대사를 일으키신 뒤 형세가 자못 거대해졌습니다. 그에 따라 유능한 선비들이 바람에 불려 오듯 전하의 덕망 아래 몰려들었습니다. 신이 전하께 몸을 맡긴 뒤 은혜가 태산 같음을 알고 있으나 이제 영웅과 준재들이 물고기처럼 모여 있으니 신은 안으로 전하를 보좌할 만한 인물이 못 되고 밖으로 대군을 거느릴 재주를 지니지 못했습니다. 실로 공신들 사이에 끼어 있기가 부끄러울 따름입니다.

과거에 범려는 때를 알아 오호에 배를 띄워 떠났고, 구범은 스스로 허물을 사죄해 강변에서 물러섰다 하옵니다. 장부들이 몰려들어 대사를 논할 때 저는 물러날 때가 되었음을 알았습니다. 형주가 동오의 손에 함락될 때 대신들은 절개를 잃어 돌아온 자가 없었지만 오로지 신만은 스스로 일을 찾아 방릉과 상용을 지켰으니, 이제 온전히 전하께 바치고 떠납니다.

성은을 베풀어 신이 떠남을 가엾게 여겨 주십시오. 신은 진실로 소인인지라 처음과 끝을 똑같이 할 수가 없습니다. 절교할지라도 미워하지 말라는 말이 있습니다. 신하를 떠나보내더라도 원망하지 말라는 말도 있습니다. 신은 옛날 군자들의 가르침을 잘못 받았지만 전하께서는 옛말을 잘 따라 주시기 바랍니다.

표문을 읽고 맹달이 도망친 것을 안 유비는 머리끝까지 화가 치밀었다.

"이런 하찮은 자가 나를 희롱한단 말인가? 당장 군사를 일으켜라!"

제갈공명이 말렸다.

"전하, 유봉을 보내십시오. 유봉이 가면 이기든 지든 성도로 돌아올 테니 그때 없애면 됩니다."

유비가 유봉에게 사자를 보내 맹달을 사로잡아 오라고 명했다. 유봉은 곧바로 맹달을 잡기 위해 군사를 거느리고 떠났다.

이때 위왕 조비에게 촉장 맹달이 투항했다는 보고가 들어왔다. 조비가 맹달을 불러 물었다.

"너는 거짓 항복 하러 온 것이 아니더냐?"

"아닙니다. 제가 이곳에 온 것은 관우가 맥성에서 위기를 맞았을 때 원군을 보내지 않았기 때문입니다. 살기 위해 투항한 것이지, 다른 뜻은 없습니다."

그때 유봉이 오만 대군을 이끌고 양양으로 쳐들어왔다는 보고가 들어왔다. 목적은 맹달을 잡기 위해서라는 것이다.

조비가 맹달에게 제안했다.

"네가 진정으로 항복했다면 내가 양양으로 보낼 테니 유봉의 목을 베어 와라. 그렇다면 네 말을 믿겠노라."

맹달이 웃으며 말했다.

"제가 이해득실을 잘 따져 유봉을 설득하겠습니다. 군사를 끌고 가지 않더라도 항복시켜 보지요."

"그렇게만 되면 바랄 게 없다."

위왕 조비는 맹달에게 벼슬을 내리고 양양과 번성을 지키게 했다. 양양은 하후상과 서황이 주둔하고 있었는데 맹달이 오자 서로 인사를 나누었다. 유봉은 오십 리 밖에 영채를 세워 군사들을 주둔시켰다. 맹달은 유봉에게 투항을 권유하는 서신을 보냈다. 편지를 읽고 난 유봉이 크게 화를 냈다.

"이 역적 놈이 나를 능멸하는구나. 숙질간의 의리를 끊게 만든 자가 또다시 부자간의 의리를 끊게 만드는구나."

화가 난 유봉은 편지를 찢고 사자의 목을 베었다. 그러고는 군사를 이끌고 나가 싸움을 걸었다. 맹달 또한 화가 나서 군사를 이끌고 나왔다.

첫 싸움에서 유봉과 맹달이 맞붙었다. 하지만 삼 합을 겨루기도 전에 맹달이 꽁무니를 빼고 달아났다. 유봉이 이십 리쯤 추격했을 때 좌우에서 함성이 울리며 하후상과 서황이 달려 나왔다. 맹달도 뒤돌아 공격을 개시했다. 세 방면에서 협공을 받은 유봉은 견디지 못하고 대패하고 말았다. 겨우 군사를 수습해 상용으로 도망친 유봉이 위군의 추격을 따돌리고 성문 앞에 이르렀다. 군사들이 성문을 열라고 소리치자 느닷없이 화살이 쏟아졌다. 성루 위에서 신탐이 외쳤다.

"나는 이미 위나라에 항복했다!"

유봉은 분을 억누르고 방릉으로 방향을 틀었다. 하지만 방릉성 또한 이미 위나라의 수중에 들어간 뒤였다. 성루 깃발에 '우장군 서황'이라는 글자가 선명했다.

"으으, 분하다! 말머리를 돌려라!"

유봉은 서천으로 향했다. 적을 따돌리고 남은 군사를 헤아리니 겨우 백여 기에 불과했다. 수많은 군사를 잃은 유봉은 유비에게 돌아와 목 놓아 통곡하며 용서를 청했다.

"아버님, 면목이 없습니다. 최선을 다했지만 대패하고 말았습니다. 용서해 주십시오."

유비가 버럭 소리를 질렀다.

"아비를 욕보인 불효한 자식이 무슨 낯으로 용서를 비는 게냐? 너 때문에 혈육 같은 동생 관우가 죽었다."

"숙부께서 돌아가신 것은 제가 구원병을 보내지 않아서가 아니라 맹달이 모함하고 방해했기 때문입니다."

유봉의 변명에 유비는 더욱 화가 났다.

"네가 그러고도 사람이냐? 역적 놈 말에 넘어갔다고 지금 와서 변명을 하는 게냐? 명색이 아들이라는 놈이!"

유비가 좌우를 둘러보며 호령했다.

"부자지간도 전쟁에 나서면 군신지간이다. 당장 저자의 목을 베라!"

유비의 양아들 유봉은 결국 죽음을 맞았다. 유봉이 죽은 뒤 뒤늦게 맹달이 보낸 회유의 서신을 그가 찢어버리고 사자의 목을 벴다는 사실이 알려졌다.

"아아, 내가 경솔했구나."

유비는 유봉을 죽인 것을 못내 후회했다. 관우가 죽은 마당에 아들까지 잃은 셈이었다. 유비는 애통해하며 슬피 울다 몸져누웠다. 당장 군사를 일으켜 원수를 갚겠다는 의욕은 그렇게 꺾이고 말았다.

6
위나라의 건국

조비는 왕이 된 뒤 문무백관을 줄줄이 승급시켰다. 골고루 상을 나눠 준 뒤 무장 군사 삼십만 명을 이끌고 국토를 순시하고 조상의 묘소를 찾아 제를 올렸다. 이때 조조의 충신이었던 하후돈이 세상을 떠났다. 조비는 몸소 상복을 입고 성대하게 장사를 치렀다.

여느 왕조가 그러하듯 왕조가 바뀔 때가 되면 여기저기서 상서로운 징조가 나타나고 과장된 일이 생기는 법이다. 봉황이 출현한다든지, 기린이 출몰한다는 식의 이야기들이다. 중랑장 이복과 태사승 허지 등이 모여 조비를 황제에 올릴 계책을 꾸몄다.

"알다시피 상서로운 징조들이 나타나는 것은 위가 한을 대체해 천하를 물려받아야 한다는 뜻입니다."

"그렇소이다. 헌제로 하여금 위왕에게 황제의 자리를 선양하도록 만들어야 합니다."

그리하여 화흠을 비롯한 문무관원 사십여 명이 내전으로 들어갔다. 그들은 헌제를 알현해 황제 자리를 내놓으라고 강하게 압박했다.

"황제 폐하, 위왕이 왕위에 오른 뒤 나라가 평안하고 인자함이 온 천하에 미쳤습니다. 요순시절도 지금에 미치지 못할 것입니다. 저희 군신들이 모여 의논한 끝에 한나라의 운세가 다했다는 결론을 얻었습니다. 폐하께서 요순의 도를 본받으셔서 이 땅과 사직을 위왕에게 넘기십시오. 그것이 하늘의 뜻이라 여겨집니다. 그것이 또한 폐하께서 한가로이 청렴한 생활을 하실 수 있는 길입니다. 신들이 의논해 특별히 주청드리니 물리치지 마옵소서."

헌제는 깜짝 놀랐다. 명목뿐인 황제였지만 그래도 참고 기다리면 기회가 있으리라 믿고 동탁과 조조의 핍박을 견뎠다. 아직 유비가 있고 손권이 있기에 한나라 황실이 부흥할 수도 있다는 실낱같은 희망을 품고 있었다. 그랬는데 난데없이 신하들이 황제 자리를 내놓으라고 압박하자 당황할 수밖에 없었다. 헌제가 눈물을 흘리며 애절하게 말했다.

"짐이 생각건대 한나라가 문을 연 지 사백 년이오. 내가 재주는 없지만 큰 죄를 저지르지도 않았소이다. 어찌하여 조종의 대업을 버리라는 것이오? 경들은 제발 잘 생각해 공정하게 의논해 주시오."

화흠이 이복, 허지와 함께 앞으로 나서서 말했다.

"폐하, 이 두 신하에게 물어보십시오."

그러자 이복이 말했다.

"폐하, 위왕이 즉위한 뒤 상서로운 기운이 도처에서 나타나고 있습니다. 기린과 봉황과 황룡이 출현하고 벼가 무성하게 자라며 하늘에서 비가 알맞게 내려 주니, 이것은 모두 위가 하늘을 대신해 천하를 다스리라는 징표이옵니다."

허지도 질세라 말을 거들었다.

"제가 천문의 일을 맡고 있어서 별자리를 살펴보니 한나라의 기운과 운수가 끝나고 폐하의 별도 잘 보이지 않았습니다. 위나라의 별은 천지와 함께 무궁하기가 말로 다하기 어렵습니다. 그러니 폐하께서 깊이 살피시어 선처하십시오."

가만히 듣고 있던 헌제가 말했다.

"그대들이 말하는 상서로운 기운이나 별자리라는 게 모두 허망한 것들 아니오? 어찌 그런 말을 믿고 수백 년 이어 온 종묘사직을 내팽개치겠소? 아니 될 말이오."

그러자 왕랑이 나서서 눈을 부라렸다.

"예로부터 흥하면 쇠하게 되어 있고, 싸움에서 이기면 질 때가 있는 법입니다. 망하지 않는 나라가 없고 무너지지 않는 집안이 없습니다. 황실의 운때가 폐하에게서 다했으니 공연히 의심하고 주저하지 마십시오. 그러시다간 변을 당하십니다."

아예 대놓고 협박하는 꼴이었다.

"알았소. 물러들 가시오. 너무들 하는구려, 으흐흐흑!"

헌제는 눈물을 흘리며 후전으로 들어갔다.

다음 날도 신하들은 헌제를 모셔 오라고 환관을 압박했다. 환관이 헌제에게 신하들이 기다리고 있다고 알렸다.

"폐하, 신하들이 기다리고 있사옵니다."

헌제는 두려워 나가지 못하고 몸을 떨었다. 조조의 딸인 황후 조씨가 물었다.

"문무백관이 기다리는데 어찌 나가지 않으십니까?"

"그대의 오라비가 무서워 그렇소."

"저희 오라비가 왜 무섭습니까?"

"황위를 빼앗으려고 백관들을 시켜 짐을 협박하잖소."

조 황후가 크게 노했다.

"저희 오라버니가 어찌 역적질을 한단 말입니까?"

황후는 부당함에 치를 떨었지만 달리 힘을 쓸 도리가 없었다.

조금 뒤 조홍과 조규가 칼을 차고 내전으로 들어와 헌제를 협박했다.

"폐하, 어서 나가시지요. 대신들이 기다리고 있습니다."

조 황후가 분을 참지 못해 꾸짖었다.

"네놈들이 역적질을 하는구나. 내 아버님께서는 공로가 이 세상 누구보다 컸고 위엄이 천하에 떨쳤지만 황위를 넘보지 않으셨다. 오라버니는 왕위에 오른 지 얼마 되지도 않았는데 한나라를 빼앗으려 하는구나. 하늘이 네놈들을 용서치 않을 것이다."

조 황후는 눈물을 흘리며 내전으로 들어갔다. 아무리 조조의 딸이라지만 황후로 살다 보니 사직이 얼마나 소중하고 자신의 아버지를 비롯한 오라버니들이 얼마나 무도한 자들인지 알게 된 것이다.

견디다 못한 헌제가 대전으로 나가자 화흠이 나서서 말했다.

"폐하, 어제 저희들이 논의한 대로 따르시지요. 큰 화를 피하시려면 그 수밖에 없습니다."

"그대들은 한나라의 국록을 먹은 신하들 아닌가? 어찌하여 이 지경이 되도록 나를 핍박하는 것이냐?"

"폐하께서 끝내 저희들의 말을 따르시지 않으면 큰 화를 입을 수 있습니다."

"나를 죽이기라도 하겠다는 것이냐?"

헌제가 소리를 지르자 화흠이 싸늘하게 말했다.

"폐하께서 무슨 복으로 황제 자리에 앉으셨습니까? 폐하께서 복이 없기 때문에 온 천하가 어지럽고 시끄럽지 않습니까? 위왕이 조정을 지켜주지 않았다면 폐하를 시해하려는 자가 천하에 득실거렸을 것입니다. 폐하께서 그 은혜를 갚을 생각은 안 하고 온 백성이 들고일어나길 바라기라도 하는 것입니까?"

그래도 헌제가 답이 없자 말로는 안 되겠다 싶었는지 왕랑이 화흠에게 눈짓을 보냈다. 그러자 화흠이 벌떡 일어나 황제의 용포 자락을 움켜잡고 험악한 얼굴로 윽박질렀다.

"허락할 것이오, 말 것이오? 빨리 결단을 내리시오!"

조홍과 조규는 칼까지 뽑아 들고 위협했다. 견디다 못한 헌제가 정신이 아찔해 휘청거리자 조홍이 외쳤다.

"부보랑은 어디에 있느냐?"

황제의 옥새를 관리하는 부보랑은 조필이 맡고 있었다.

"여기 대령했습니다."

"어서 옥새를 찾아와라."

조필이 눈을 부릅떴다.

"옥새는 황제의 보배이고 나라의 보물입니다. 어찌 함부로 내놓으라 마라 하시는 겁니까?"

"무엄한 놈! 당장 이자의 목을 베라!"

조필은 끌려가면서도 욕을 해댔다.

"이 역적 놈들아, 후세가 너희를 기억할 것이다."

목이 떨어지는 순간까지도 조필은 욕을 멈추지 않았다. 후세 사람들은 간악한 무리가 가득 차고 만조백관이 위나라를 떠받들 때 충신이라곤 오직 부보랑 한 사람뿐이었다고 슬퍼했다.

갑옷 입은 군사 수백 명이 모두 위나라 군사고, 그들이 칼과 창을 들고 겁박하자 헌제는 급기야 모든 것을 내려놓았다.

"알았다. 짐이 위왕에게 천하를 내려 주겠다. 목숨이나 살려 다오."

그러자 가후가 말했다.

"위왕께서 폐하를 저버리지 않을 것입니다. 빨리 조서를 내려 백성들을 안심시키십시오."

헌제는 어쩔 수 없이 천하를 위왕에게 물려준다는 조서를 썼다. 조서를 옥새와 함께 건네자 화흠이 받아들고 부리나케 위왕에게 바쳤다. 조비가 기뻐하며 조서를 받으려 하자 사마의가 나서서 말렸다.

"대왕, 안 됩니다."

"왜 안 된단 말이냐?"

"한 번의 권유에 덥석 받으시는 건 예의가 아닙니다. 표문을 올려 겸손하게 사양하셔야만 세상 사람들의 비난을 사지 않습니다."

사마의의 말에 따라 조비가 표문을 지어 헌제에게 올렸다. 자신은 덕이 높지 않으니 어진 사람을 구해 황제의 자리를 넘기라는 지극히 형식적인 글이었다. 헌제가 조비의 표문을 받고 신하들에게 물었다.

"위왕이 사양하니 어찌하면 좋겠소?"

화흠이 말했다.

"위나라 무왕도 왕의 작위를 받을 때 세 번 사양했습니다. 그래도 계속 조서를 내려 주었기 때문에 마침내 수락했습니다. 폐하께서 다시 조서를 내리셔야 하옵니다."

신하들은 조비가 두 번째 조서도 거절하는 겸양을 보인 뒤 자연스럽게 황제를 물려받도록 일을 꾸몄다. 길일을 택해 만조백관이 모인 자리에서 황제가 직접 옥새를 건네고 제위를 넘기도록 절차를 마련한 것이다. 헌제는 화흠이 시키는 대로 태상원 관리를 파견해 번양에 터를 마련했다. 그리고 삼 층짜리 높은 대를 쌓은 뒤 시월 경오일 인시에 제위를 넘기기로 결정했다.

마침내 그날이 되었다. 헌제가 수선대에 올라 대소 관원이 지켜보고 군사 삼십만이 모인 곳에서 친히 옥새를 받들어 조비에게 내려 주었다. 조비가 사양하지 않고 옥새를 받고 칙서를 낭독하는 선위의 대례를 치렀다.

황제에 오른 조비가 수선대 아래에서 조례를 올렸다. 연강 원년을 황초 원년으로 고치고 국호는 대위로 정했다. 또한 천하에 대사령을 내린 뒤 아버지 조조를 태조 무황제로 추존해 시호를 바쳤다. 드디어 조조 집안이 황제가 된 것이다. 화흠이 기다렸다는 듯 말했다.

"황제 폐하, 하늘 아래 해가 둘일 수는 없습니다. 백성에게도 두 임금이 없는 법입니다. 빨리 교지를 내리셔서 전 황제였던 유씨를 어디에 안치할지 명을 내려 주십시오."

화흠은 헌제를 끌어내려 꿇어앉힌 뒤 조비의 명을 듣게 했다. 조비가 헌제를 산양공으로 봉하는 교지를 내리자 화흠이 말했다.

"그대는 오늘부로 당장 궁을 떠나라. 황제께서 부르시기 전에는 마음대로 입궐해서도 안 된다."

헌제는 눈물을 삼키며 말을 타고 떠났다. 수선대 아래에 있던 군사와 백성들이 슬퍼하지 않는 자가 없었다. 헌제가 떠나자 비로소 신하들이 외쳤다.

"만세!"

이것으로 한나라의 역사는 종막을 알렸다.

이상한 조짐은 그때부터 나타났다. 괴이한 바람이 불고 모래가 흩날리며 돌이 소나기처럼 쏟아졌다. 대 위의 촛불도 모두 꺼졌다. 너무 놀란 조비는 수선대 위에 쓰러져 정신을 잃었다. 천지신명이 황제 찬탈을 원통히 여기지 않고서는 일어날 수 없는 변고였다. 간신히 깨어난 조비는 부축을 받아 입궁했다. 하지만 병석에 앓아누워 조회조차 열지 못하는 신세가 되었다.

며칠 뒤 조비가 몸을 추스르고 나서야 대전에 나와 신하들의 하례를 받았다. 그는 가장 공이 큰 화흠을 사도에 봉하고, 왕랑을 사공으로 삼았으며 대소 관원들에게 골고루 상을 주었다. 그런데도 병은 좀처럼 낫지 않았다. 허도의 궁궐에 요괴들이 많다고 생각한 조비는 낙양으로 천도해 대규모 궁전을 짓기 시작했다.

황제 찬탈 소식은 성도의 한중왕 유비에게도 전해졌다.

"조비가 스스로 대위의 황제에 올랐습니다. 낙양에 새 궁궐을 짓는다고 합니다."

유비가 놀라는 가운데 슬픈 소식도 전해졌다.

"산양으로 쫓겨 가던 헌제께서 도중에 의문의 살해를 당했습니다."

후환을 두려워한 조비가 자객을 보내 헌제를 살해한 것이다. 유비는 목을 놓아 통곡했다.

"으흐흐흑, 한나라 사직이 이렇게 무너지다니……."

문무백관이 상복을 입고 허도를 향해 제를 올렸다. 또한 세상을 떠난 헌제에게 효민황제라는 시호를 바쳤다. 유비는 너무나 상심이 커 병석에 눕고 말았다. 제갈공명이 신하들에게 말했다.

"비록 하루라도 천하에 임금이 없어서는 안 되는 법입니다. 한중왕을 황제로 모시도록 합니다."

그러자 초주가 거들었다.

"최근에 상서로운 바람이 불고 경사로운 구름이 일었습니다. 성도의 서북쪽에 누런 기운이 치솟고 황제성이 마치 달처럼 빛나고 있습니다. 이는 바로 한중왕이 제위에 올라 한나라 혈통을 이어받을 조짐이 아니고 무엇이겠습니까?"

신하들의 논의에 따라 제갈공명이 유비에게 황제에 오를 것을 청하는 표문을 올렸다. 표문을 읽은 유비는 예상대로 크게 화를 냈다.

"그대들은 나를 역적으로 만들려는 것이오?"

"아닙니다. 조비는 스스로 한나라를 빼앗아 황제에 올랐지만 주상께서는 한나라의 후손 아니십니까? 대통을 이으셔야 합니다. 그래야 사직을 보존할 수 있습니다."

"나는 역적의 무리를 본받지 않겠소."

유비가 뒤도 안 돌아보고 후궁으로 들어갔다.

사흘 뒤 제갈공명이 다시 대전을 찾아 유비를 만났다. 그리고 모든 관원들이 꿇어 엎드린 가운데 다시 한 번 천명을 받으라고 간청했다. 하지만 유비는 거절했다.

"내가 비록 경제의 후손이지만 백성들에게 베푼 덕이 없고 난세를 바로잡지도 못했소. 그런 내가 제위에 오른단 말이오? 찬탈과 다를 바가 없소이다."

아무리 권해도 유비가 듣지 않자 제갈공명이 계책을 세웠다. 관원들에게 꾀를 알려 준 뒤 자신은 병이 났다며 자리에 누운 것이다. 밖에도 나가지 않고 사람을 만나지도 않는다는 소식에 유비가 직접 제갈공명을 찾아왔다.

"군사, 몸은 어떠시오?"

"저는 근심으로 가슴이 타는 듯해 오래 살기 힘들 것 같습니다. 가망이 없습니다."

"무슨 걱정이 그리 많단 말이오?"

"신은 대왕의 은혜를 항상 잊지 않았습니다. 삼고초려하시며 저를 불러 주신 이래로 저의 뜻대로 세 나라가 서로 대립하는 형국을 이루었고, 양천을 거두어 신이 예언한 대로 되었습니다. 하지만 지금 조비가 제위를 찬탈하고 사직을 무너뜨렸습니다. 이에 신하들은 하나같이 유씨가 다시 일어나 태평성대를 이루기를 원하고 있습니다. 그런데 대왕께서 고집을 부리고 수긍하지 않으시니 관원들이 원망하는 마음이 깊습니다. 시간이 더 흐르면 이들은 떠날 것입니다. 그사이 오나라와 위나라가 결탁해 쳐들어온다면 양천을 보존할 수 없사옵니다."

그러자 유비가 속마음을 털어놓았다.

"내가 거절한 것은 사람들의 뒷공론이 두렵고 무섭기 때문이오."

그간 유비는 대의와 명분을 앞세우고 인의와 도덕을 무기로 여기까지 올라왔다. 그것이 한방에 무너지지 않을까 두려웠던 것이다.

"무엇을 두려워하십니까? 대왕께는 명분이 있고 이치에 어긋나는 것이 없습니다. 어느 누구도 뒤에서 무어라 하지 않습니다. 오히려 하늘이 내리는 것을 안 받으면 벌을 받는다는 말도 있습니다."

"알겠소. 군사의 병환이 완쾌되면 내 그대로 시행하겠소."

그 말을 듣자 누워 있던 제갈공명이 벌떡 일어나 병풍을 밀어 쓰러뜨렸다. 병풍 뒤에 엎드려 있던 문무백관이 일제히 입을 모아 합창했다.

"주상께서 윤허하셨습니다. 길일을 택해 대례를 행하겠나이다."

유비가 돌아보니 자신과 생사고락을 같이한 신하들이 한데 엎드려 있었다. 제갈공명이 미리 불러 함께 듣게 만든 것이다.

"경들은 어찌하여 나를 위태로운 지경에 빠뜨리려는 것이오?"

제갈공명이 유비의 말은 들은 척도 않고 명령을 내렸다.

"주상께서 허락하셨다. 대를 쌓고 길일을 택해 대례를 행하도록 준비하라!"

모든 절차가 차례차례 진행되었다. 길일을 택해 관원들이 유비를 가마에 태우고 제를 올리기 위해 단 위에 올라갔다. 황제 즉위를 권유하는 글을 올렸던 초주가 큰 소리로 제문을 낭독했다.

"건안 26년 4월 열이틀 정사에 황제 유비가 감히 하늘과 땅의 신령에게 고합니다. 역적 조조가 잔인하게 황제와 황후를 시해해 죄악이 하늘에 닿고 그 아들 조비가 흉악하게 황제 제위를 빼앗았습니다. 천하의 선비들이 애통해하니 보잘것없는 유비가 대통을 이어받아 고조와 광무두 대의 업적에 힘입어 천벌을 내릴까 합니다. 유비가 덕이 없지만 백성들과 주위 군장들이 모두 천명을 좇으라 이릅니다. 조상의 대업을 오랫동안 뇌둘 수도 없고 천하에 주인이 없을 수 없다 하여 그런 의견이 저에게 모아져 유비가 천명을 받들려 합니다. 고조와 광무의 대업이 땅에 떨어질까 두려워 감히 길일을 택해 제를 드리나이다. 유비가 황제의 옥새를 받아 사해 백성을 보살필 것이니 천지신명은 복을 내려 주옵소서."

제문을 읽고 나서 제갈공명이 옥새를 올리자 유비가 받아 단에 바친 뒤 거듭 사양했다.

"과인은 재주가 없으니 부디 재주와 덕을 갖춘 인재를 찾아 옥새를 드리시오."

제갈공명이 말했다.

"주상은 사해를 평정하셨고 공덕이 천하에 빛나고 있습니다. 더구나 대한의 종친이십니다. 마땅히 황제가 되셔야 하니 천신께 이미 제를 올린 마당에 사양하지 마십시오."

문무백관이 일제히 외쳤다.

"만세!"

마침내 절을 올리고 춤을 추며 대례를 마쳤다. 유비는 연호를 장무 원년(221)으로 고치고 오씨를 황후로 삼았다. 장자 유선이 태자가 되었고, 둘째 아들 유영은 노왕, 셋째 아들 유리는 양왕으로 삼았다. 또 제갈 공명은 승상, 허정을 사도로 삼았으며, 모든 관원들의 직급을 올렸다. 양천의 백성들은 모두 기뻐하며 환호성을 올렸다.

황제가 된 유비가 첫 조서를 내렸다.

짐이 도원결의를 통해 관운장, 장익덕과 결의해 생사를 함께하기로 맹세했다. 그런데 불행하게도 큰 아우가 손권에게 해를 입어 천추에 맺힌 한을 풀 수가 없다. 원수를 갚지 못하면 맹세를 저버리는 일이다. 군사를 일으켜 동오를 치고 역적을 사로잡겠노라.

유비가 비장하게 가장 먼저 동오를 치겠다고 하자 반대하는 신하가 나섰다.

"안 됩니다, 폐하!"

놀랍게도 호위장군 조자룡이었다.

"장군이 어찌하여 말리는 것이오?"

"폐하, 한실의 역적은 손권이 아니라 조조입니다. 지금 조비가 반역하여 세상 사람들이 노여워하고 있습니다. 하루빨리 군사를 위수 상류로 주둔시키고 흉악한 역적을 치신다면 선비들과 백성들이 앞다투어 달려와 저희 군사를 맞이할 것입니다."

"그게 내 뜻이오."

"그런데 위나라를 두고 오나라를 치신다면 싸움을 돌이킬 수도 없고 승패를 가늠할 수도 없습니다. 깊이 헤아려 주십시오."

그러나 유비는 뜻을 꺾을 마음이 없었다.

"손권은 나의 원수요. 거기에 부사인, 미방, 반장, 마충 같은 자들은 생각만 해도 이가 갈리오. 그들을 씹어 먹고 삼족을 멸해야 원한이 풀릴 텐데, 그대는 왜 나를 막으려는 거요?"

강직한 조자룡은 굽히지 않았다.

"폐하, 나라의 원수를 갚는 것은 공적인 일이지만 형제의 원수를 갚는 것은 사적인 일입니다. 사사로운 일은 미루어도 되니 한나라의 원수를 갚으소서."

"아우의 원수를 갚지 못한다면 천하를 손에 넣는다 한들 무슨 소용이 있겠는가?"

조자룡이 아무리 말려도 소용이 없었다. 원한에 사무친 유비는 누구의 말도 듣지 않고 명령을 내렸다.

"군사를 일으켜 동오를 공격하라!"

그때 장비는 낭중 땅에 있었다. 관우가 죽었다는 소식을 듣고 날마다 피눈물을 흘리며 지냈다. 부하 장수들이 술로 위로했지만 술에 취한 장비는 부아가 치밀어 군령을 조금이라도 어긴 군사들을 닥치는 대로 매질했다. 그 때문에 맞아 죽은 자가 한둘이 아니었다.

"형님의 원수를 갚지 못하면 살아도 산 게 아니다."

장비는 날마다 남쪽을 향해 이를 갈고 저주를 퍼부으며 통곡했다. 이때 유비가 보낸 사자가 도착했다. 황제의 조서를 받은 장비가 절을 올리고 주연을 베풀어 사자를 대접했다.

"형님은 도대체 무슨 일을 하고 계시오? 내 원한이 바다보다 깊은데 군사를 일으켜 원수를 갚아야 할 것 아니오."

"조정에서는 위를 무찌르고 나서 동오를 치자는 의견이 많습니다."

사자의 대답에 장비가 불같이 화를 냈다.

"그게 무슨 한가한 소린가? 우리는 도원결의를 하여 함께 죽기로 맹세했는데 관우 형님이 안 계신 지금 어찌 나 홀로 부귀영화를 누린단 말인가. 황제를 뵙고 선봉이 되기를 자처해 상복을 입고 동오를 칠 것이야. 역적을 사로잡아 형님께 바쳐 지난날의 맹세를 지키고 말리라."

장비는 사자를 재촉해 성도로 길을 떠났다.

이때 유비는 군사들을 직접 훈련하며 동오를 칠 준비를 했다. 신하들은 제갈공명에게 몰려와 만류하라고 권유했다.

"황제께서 제위에 오르자마자 친히 정벌에 나선다는 것은 종묘사직을 소홀히 하는 일입니다. 제발 승상께서 말려 주십시오."

제갈공명도 난감했다. 평상시에 무슨 말이든 잘 수용하던 유비가 황제에 오른 뒤 돌변했기 때문이다.

"여러 차례 말씀드렸지만 도무지 듣지를 않으시오. 그래도 다시 한 번 말씀드려 봅시다."

훈련장으로 유비를 찾아간 제갈공명이 말했다.

"폐하, 보위에 오르셨으니 한나라의 역적을 치는 대의를 펴기 위해 군사를 일으키는 것은 옳은 일입니다. 동오를 치는 일은 장수들에게 명하셔도 될 텐데 어찌 몸소 나서려 하십니까?"

제갈공명의 말도 일리가 있어 유비가 잠시 마음이 흔들렸다. 그때 낭중에 갔던 사자가 장비와 함께 돌아왔다는 보고가 올라왔다. 장비가 훈련장으로 들어서자마자 유비의 다리를 부여잡고 엎드려 통곡했다.

"형님, 으흐흐흑!"

장비가 비통하게 울자 유비도 눈물을 참을 수 없었다.

"아우야, 으흐흐흑!"

"폐하께서 보위에 오르시더니 옛 맹세를 잊으셨습니까? 왜 관우 형님의 원수를 갚지 않으십니까?"

"아우야, 내가 잠시 마음이 흔들렸다. 관원들이 간곡히 말려 어쩔 수가 없었구나."

"형님, 그들은 우리의 맹세를 알지 못합니다. 폐하께서 군사를 일으키지 않는다면 저라도 가서 목숨 바쳐 원수를 갚겠습니다. 원수를 갚지 못하면 동오의 손에 죽어 관우 형님을 따를지언정 다시는 폐하를 뵙지 않겠습니다."

장비의 말에 유비는 마음을 굳혔다. 황제에 올라 자신의 한은 다 풀었다. 죽어도 여한이 없다는 생각이 들었다. 같은 날 죽기로 한 관우와의 약속만은 저버릴 수 없었다.

"짐도 그대와 함께 가겠다. 그대는 그대의 군사들을 이끌고 낭중에서 진군하도록 하라. 나는 정예병을 거느리고 갈 테니 강주에서 만나 동오를 치자꾸나. 원수를 갚아야 한다."

그 말을 듣고 장비는 낭중으로 돌아가려 했다. 유비가 떠나는 장비를 붙잡고 마지막으로 당부했다.

"아우야, 부디 술을 조심해라. 취하면 사람을 때리고 그들을 다시 옆에 두는데 이는 재앙을 부르는 일이다. 마음을 너그러이 하고 다시는 그러지 말도록 해라."

장비가 고개를 끄덕였다. 장비가 떠난 뒤 군사를 정비한 유비가 출정하려 하자 학사 진복이 앞을 막아섰다.

"폐하, 옥체를 돌보지 않고 어찌 작은 의리를 따르려 하십니까? 과거에도 이런 일은 없었습니다. 깊이 생각하십시오."

"관우와 나는 한 몸이나 다를 바 없소. 이것이 대의이거늘 내 어찌 잊을 수 있겠는가?"

진복은 엎드려 계속 말렸다.

"신의 말을 받아들이지 않으시니 돌이킬 수 없는 실수를 하실까 두려울 뿐입니다."

"그대는 어찌하여 군사를 일으키려는 마당에 불길한 얘기로 마음을 불편하게 하는가?"

유비가 화를 내며 진복을 끌어내 목을 치라고 호령했다. 하지만 진복은 조금도 동요하지 않았다.

"신은 죽어도 여한이 없지만 새로 창업한 황실의 기반이 흔들릴까 두려울 따름입니다."

관원들이 나서서 목을 치라는 명을 거두어 달라고 사정했다.

"잠시 옥에 가두어라! 내가 형제의 원수를 갚고 와서 처리하겠다."

소식을 들고 제갈공명이 허둥지둥 표문을 지어 유비에게 바쳤다. 위나라를 쳐서 없애면 동오는 저절로 항복할 테니 부디 진복의 말을 받아들이라는 내용이었다.

하지만 유비는 제갈공명의 표문을 땅바닥에 내던졌다.

"짐은 뜻을 굳혔다. 어느 누구도 더는 입을 열지 마라!"

과거에 너그럽고 주위의 말을 잘 듣던 유비가 아니었다. 그는 황제에 오르자 세상을 마음대로 쥐고 흔들 수 있다는 착각에 빠진 듯했다. 결국 이러한 착각이 큰 불행을 불러온다.

유비는 칠십오만 명의 대군을 이끌고 장무 원년 칠월 병인일에 출병했다. 황제가 된 그해에 바로 군사를 일으킨 성급함이 화근의 씨앗이었다. 낭중으로 돌아온 장비 역시 또 다른 화근을 불러일으켰다.

"드디어 형님의 원수를 갚게 되었다. 모든 군사들은 빠짐없이 상복을 입고 동오를 칠 준비를 해라!"

다음 날, 명령을 받은 범강과 장달이 장비에게 사정을 털어놓았다.

"장군, 한꺼번에 흰 기와 흰 갑옷을 마련하기 어렵습니다. 조금만 말미를 주십시오. 흰 천이 바닥났습니다."

"네 이놈! 나는 형님의 원수를 당장 치러 가지 못하는 게 한인데 너희들은 내 명을 거역하겠다는 게냐? 얘들아, 이놈들을 묶고 각각 오십 대씩 쳐라!"

군사들이 두 사람을 나무에 묶고 채찍으로 오십 대씩 쳤다. 매질이 끝나자 장비가 불호령을 내렸다.

"내일 안으로 모든 준비를 마쳐라! 내 말을 어기면 네놈들을 죽여 본보기를 삼을 것이야."

두 사람은 등짝이 갈라지도록 매를 맞은 뒤 씨근덕거리며 영채로 돌아왔다.

"우리가 그걸 마련하는 건 불가능하지 않은가?"

"그렇지. 장비의 성격이 불같아서 내일까지 마련하지 못하면 우리는 꼼짝없이 죽을 걸세."

범강과 장달이 서로 눈빛을 주고받았다.

"이왕 이렇게 된 거 차라리 우리가 놈을 먼저 해치우세."

"나도 그 생각이네. 어차피 죽을 거라면 놈을 죽이고 우리도 살 궁리를 하자고."

출병을 앞둔 장비는 마음이 어수선해 언제나 그렇듯이 술을 마시기 시작했다. 유비의 당부를 잊고 만 것이다. 마침내 크게 취한 장비가 쓰러져 잠이 들었다. 장비의 동정을 살피던 범강과 장달은 단도를 품고 장막으로 다가갔다.

"장군, 아뢸 일이 있소이다."

아뢰는 소리에 아무 기척이 없자 두 사람은 장막 안으로 들어갔다. 장비가 침상에 쓰러져 자고 있었다. 침상 가까이 다가간 순간, 두 사람은 깜짝 놀라 그 자리에서 몸이 굳었다. 장비가 두 눈을 부릅뜨고 있었

기 때문이다. 장비는 원래 눈을 뜨고 자는 습관이 있었다. 손끝도 까딱할 수 없는데 장비가 요란하게 코를 골았다. 두 사람은 그제야 숨을 내쉬고 칼을 꺼내 장비의 배를 힘껏 찔렀다.

"으악!"

장비는 외마디 비명을 지르고 숨을 거두었다. 시원시원하고 호탕한 성격으로 한 시대를 호령한 장비가 역사의 뒤안길로 사라진 것이다. 그때 그의 나이 쉰다섯이었다.

장비의 목을 벤 범강과 장달은 그날 밤으로 심복들을 데리고 동오로 도망쳤다. 다음 날 아침에야 장비가 죽은 것을 안 군사들이 범강과 장달의 뒤를 쫓았으나 잡지는 못했다.

그런 사실은 알지 못한 채 유비는 군사를 이끌고 출정길에 올랐다. 제갈공명이 전송하며 탄식했다.

"아, 법정이 살아 있었다면 어떻게 해서라도 출정을 막았을 텐데."

유비가 행군을 시작한 첫날, 서북쪽 밤하늘에서 커다란 별 하나가 땅으로 떨어졌다. 불길한 징조였다. 유비가 제갈공명에게 사람을 보내 무슨 일인지 알아 오라 일렀다. 사자에게 상황을 전해 들은 제갈공명이 안타깝게 말했다.

"아, 불길하고 두렵구나. 큰 장수를 잃을 징조로다. 사흘 내로 소식이 올 것 같구나."

사자가 돌아가 제갈공명의 말을 전하자, 유비는 불안해 군사를 움직이지 못하고 시간만 흘려보냈다. 그때 낭중에서 달려온 부장 오반이 들이닥쳤다.

"폐하께 표문을 가져왔습니다."

낭중에서 왔다는 소리를 듣자마자 유비는 깨달았다.

"아, 아우가 죽었구나!"

표문은 예상대로 장비가 세상을 떠났다는 내용이었다.

"으아아아, 장비야!"

유비가 처절하게 통곡하다 정신을 잃었다. 관원들이 약을 쓰고 팔다리를 주물러 간신히 깨어났다. 그때 흰 점포에 은빛 갑옷을 입은 젊은 장수가 달려와 말에서 내리더니 엎드려 통곡했다. 바로 장비의 맏아들 장포였다.

"으흐흐흐, 폐하! 범강과 장달이 아버님을 살해하고 수급을 잘라 동오로 도망쳤습니다."

유비는 너무나 애통해 먹지도 마시지도 못하고 내내 울기만 했다. 보기 안쓰러울 만큼 몸이 축나자 신하들이 말렸다.

"폐하께서는 어찌하여 두 아우의 원수를 갚겠다면서 용체를 돌보지 않으십니까?"

신하들의 권유에 유비가 입맛이 없는데도 어쩔 수 없이 음식을 조금씩 들었다. 유비가 장포에게 물었다.

"네가 오반과 함께 본부의 군사들을 이끌고 아비의 원수를 갚기 위해 선봉이 되겠느냐?"

"이 몸이 만 번 죽어도 사양하지 않겠나이다."

유비가 정신을 차리고 장포를 보내 군사들을 움직이려 할 때였다. 또다시 한 떼의 군마가 유비 진영으로 달려왔다. 앞장선 젊은 장수가 곧바로 말에서 내려 엎드려 통곡했다. 관우의 아들 관흥이었다. 관흥을 본 유비는 다시금 통한의 눈물이 쏟아졌다. 관원들이 말리자 유비가 겨우 진정하고 탄식했다.

"내가 무명이었던 옛 시절에 관우, 장비와 의형제를 맺었다. 함께 죽고 함께 살기로 맹세했는데, 내가 황제가 되어 두 동생이 부귀영화를 누릴 수 있게 되었건만 불행히도 모두 비명에 갔구나. 조카들을 보니 내 창자가 끊어지는 것만 같도다."

유비가 통곡하는 것을 보고 관흥과 장포가 물러났다. 신하들은 나이가 든 유비가 너무 많이 울어 몸을 상할까 걱정했다.

"폐하의 춘추가 이미 육순이 넘었습니다. 너무 애통해하지 마옵소서!"

"내가 살아 무엇 하겠느냐? 동생들이 이 세상에 없는데."

유비가 머리를 바닥에 찧으며 통곡하자 관원들이 말리고 나서 대책을 논의했다.

마량이 입을 열었다.

"폐하께서 대군을 이끌고 진군하는 중에 저토록 마음을 못 잡으시면 군사에도 이롭지 않습니다."

그때 진진이 꾀를 냈다.

"우리가 간청해 봐야 듣지 않으십니다. 청성산 서쪽에 은자께서 살고 계신답니다. 성은 이가요 이름은 의인데, 나이가 삼백 살이 넘은 신선에 가까운 사람이라더군요. 길흉화복을 잘 본다고 하니 그분을 청해 말씀 드리는 게 좋겠소이다."

진진이 직접 찾아가 사정을 알리려 하자 벌써 동자가 알고 말했다.

"혹시 진진 어른 아니십니까?"

"동자가 어떻게 내 이름을 아느냐?"

"스승님께서 오늘 황제의 부르심이 있을 거라고 하셨습니다."

"과연 신선이로다."

신선의 집으로 들어간 진진이 이의에게 절을 하고 부르심을 전했지만 이의는 내려가지 않으려 했다.

"나는 산속에 사는 평범한 늙은이요."

"황제께서 선옹을 뵙고자 하시니 제발 사양하지 말아 주십시오."

진진의 정중한 부탁을 차마 거절하지 못해 이의가 유비를 찾아갔다. 아이 같은 천진한 얼굴에 광채 나는 푸른 눈동자, 머리가 새하얀 신선을 보자 유비는 그가 범상치 않은 사람임을 느꼈다. 정중히 맞아들이자 이의가 물었다.

"폐하께서 어찌하여 저를 부르셨습니까? 저는 산속에 사는 촌사람일 뿐입니다."

"내가 관우, 장비와 함께 생사를 같이하기로 하고 고초를 함께한 지 삼십 년이 넘었소. 그런데 그만 두 아우가 해를 입었소. 대군을 통솔해 원한을 갚으려 하는데 앞으로 길흉이 어찌될지 궁금하오. 선옹께서 이치에 통달하고 만사에 능통하다 하니 가르침을 주시오."

"하늘이 정한 운수를 제가 어찌 알겠습니까?"

"하지만 알고 계시지 않소. 제발 가르침을 주시오."

"종이와 붓을 갖다주십시오."

이의는 붓을 쥐더니 군사와 군마와 병기를 사십여 장이나 그렸다. 그리고 그것을 낱낱이 찢어 버렸다. 이어 사람 하나가 누워 있고 다른 사람이 땅을 파고 이를 묻는 장면을 그렸다. 그 위에 크게 흰 백(白) 자를 쓴 뒤 붓을 내려놓았다. 그리고 머리를 조아리더니 말없이 떠났다.

별로 좋은 내용이 아니어서 유비는 기분이 상했다.

"미친 늙은이가 불길한 점을 치고 가는구나. 그림들을 다 태워라!"

유비가 군사들을 재촉해 출정하려는데 장포가 들어왔다.

"폐하, 오반의 군사가 왔습니다. 제가 선봉에 서게 해주십시오."

유비가 기쁜 마음에 선봉인을 내리려 하는데 또 다른 장수가 뛰어들었다.

"선봉인은 내 것이오!"

돌아보니 관흥이었다.

"내가 이미 폐하의 명을 받았다."

"그게 무슨 소리냐? 네가 무슨 능력으로 선봉에 선다는 것이냐?"

관흥과 장포가 서로 무공을 자랑하며 다투었다.

유비가 지켜보다 말했다.

"그만해라! 짐이 조카들의 무예를 시험한 뒤 선봉을 결정하겠다."

장포는 백 보 밖에 깃발을 세우고 붉은 과녁을 그려 넣으라고 했다. 그리고 백 보 떨어진 곳에서 활을 연거푸 세 대를 쏘았다. 꼬리를 물고 날아간 화살이 하나같이 과녁에 꽂혔다. 이를 지켜본 군사들이 탄성을 질렀다.

"와아!"

옆에 있던 관흥이 웃었다.

"고정된 과녁을 맞히는 게 뭐 그리 대단하다고 그러는가?"

그때 머리 위로 기러기 떼가 날아갔다.

"나는 저 기러기 가운데 세 번째 놈을 맞히겠다."

관흥이 활을 당겨 화살을 쏘았다. 시위를 떠난 화살은 곧바로 날아올라 세 번째 기러기를 꿰뚫었다. 화살 맞은 기러기가 땅바닥으로 곤두박질쳤다.

"와, 대단한 솜씨다!"

이를 보고 부아가 치민 장포가 말 위에 올라 장비의 장팔사모를 휘두르며 외쳤다.

"끝까지 나와 무예를 겨루겠다는 것이냐?"

관흥도 말에 올라 칼을 휘두르며 나섰다.

"나라고 가만있을 것 같더냐?"

금세라도 맞서 싸우려 하자 유비가 말렸다.

"두 조카는 진정해라! 짐은 탁군에서 그대들 부친과 의형제가 되어 성은 다르지만 혈육보다 더 가깝게 지냈다. 너희들도 나의 조카와 다름 없다. 서로 힘을 합쳐 부친의 원수를 갚아야 하는데 왜 대의를 버리고 사사로이 싸우는 것이냐? 부친상을 치른 지 얼마 되지도 않았는데 벌써 이 모양이면 뒷날 어찌하겠다는 것이냐?"

"폐하, 용서하옵소서!"

관흥과 장포가 절을 하고 용서를 구했다. 아우들의 용모를 쏙 빼닮은 두 조카를 보자 유비는 새삼스레 눈물이 흘렀다. 그러면서 이들도 형제 로 만들어야겠다는 생각이 들었다.

"너희들 가운데 누가 더 나이가 많으냐?"

장포가 나섰다.

"신이 관흥보다 한 살 많습니다."

"그렇다면 관흥은 장포를 형님으로 모시도록 해라."

"명을 따르겠습니다!"

장포와 관흥은 유비 앞에서 화살을 꺾어 서로 형제가 되기로 맹세했 다. 옛말에 스스로를 믿는 사람은 남도 믿을 수 있으니 견원지간이든 원 수지간이든 형제처럼 될 수 있다고 했다. 이 두 사람은 이때부터 서로를 믿으며 유비를 보좌하는 충성스러운 장수가 된다.

유비는 오반을 선봉으로 삼고 장포와 관흥에게 황제의 수레를 호위 하게 하여 수륙 양군이 출진하도록 명령을 내렸다. 촉군은 한여름 대홍 수처럼 성난 기세로 동오를 향해 물밀듯이 밀려갔다.

주석으로 쉽게 읽는
고정욱 삼국지 7

초판 1쇄 발행 2022년 1월 7일
초판 12쇄 발행 2025년 1월 17일

엮은이 고정욱
펴낸이 이범상
펴낸곳 (주)비전비엔피 · 애플북스

기획 편집 차재호 김승희 김혜경 한윤지 박성아 신은정
디자인 김혜림 이민선
마케팅 이성호 이병준 문세희
전자책 김희정 안상희 김낙기
관리 이다정

주소 우) 04034 서울특별시 마포구 잔다리로7길 12 (서교동)
전화 02) 338-2411 | **팩스** 02) 338-2413
홈페이지 www.visionbp.co.kr
인스타그램 www.instagram.com/visionbnp
포스트 post.naver.com/visioncorea
이메일 visioncorea@naver.com
원고투고 editor@visionbp.co.kr

등록번호 제313-2007-000012호

ISBN 979-11-90147-84-2 04820
　　　　 979-11-90147-77-4 04820 [SET]